しらゆきの果て

澤田瞳子

角川書店

しらゆきの果て

装画　原 裕菜

装幀　長﨑 綾（next door design）

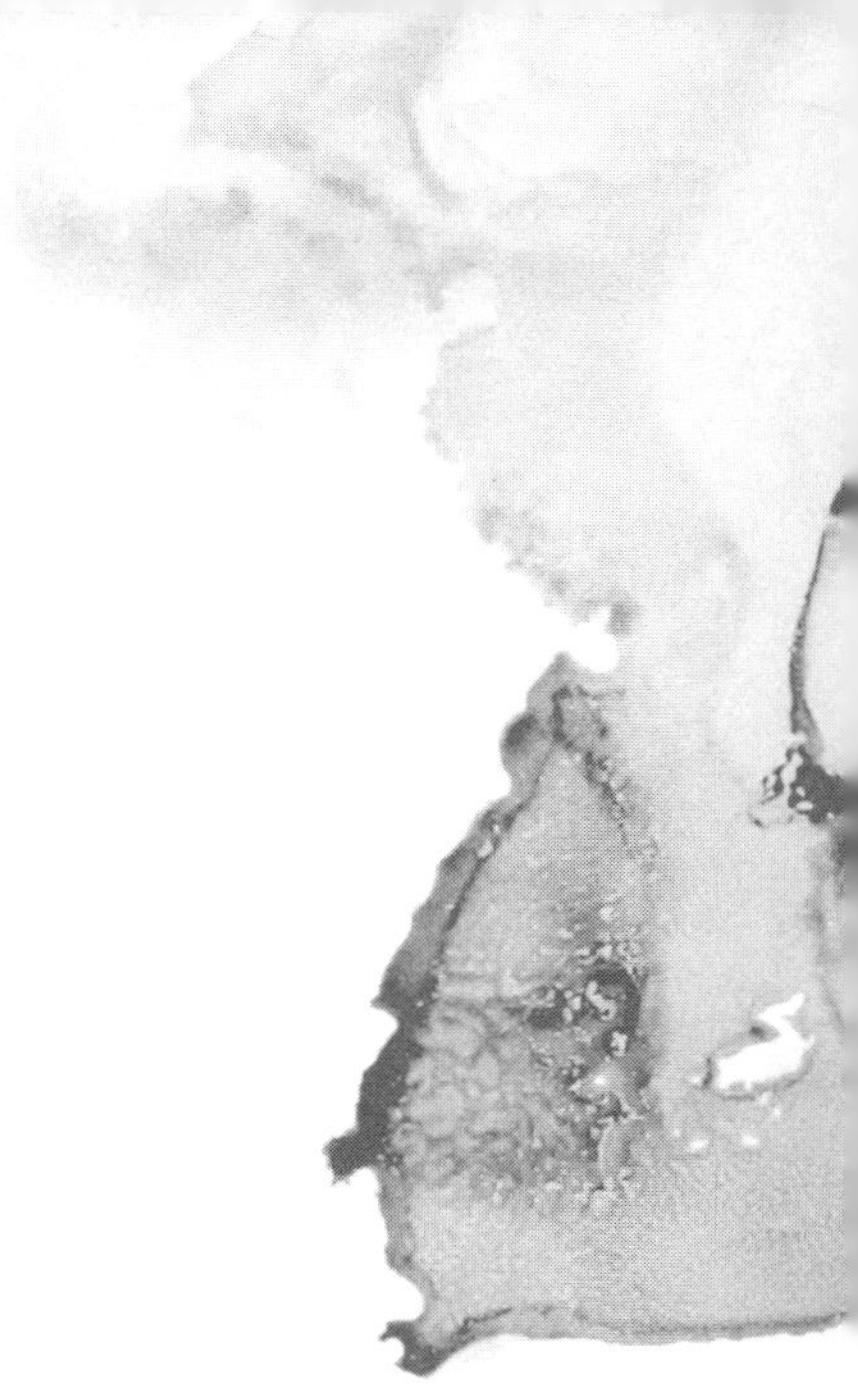

目次

さくり姫

一

澄んだ冬空から落ちる陽《ひ》が、剝《む》き出しの土色も新しい境内を暖めている。御堂《みどう》の左右に迫る山々は錦《にしき》を延べたかの如く色づき、境内に居並ぶ随兵《ずいひょう》・御家人《ごけにん》衆の晴れ姿とあいまって、普段は薄暗い谷戸《やと》を鮮やかに彩っていた。

「な、なんとか、間に合った――」

今まさに落慶法要の最中にある仏堂を眺め、詫磨為久《たくまためひさ》は額ににじむ汗を拳《こぶし》で拭《ぬぐ》った。法要の始まりを告げる鉦《かね》が打ち鳴らされる瞬間まで、御堂の後壁に描いた仏画の修繕に必死だっただけに、両手には顔料がこびりついている。おかげで額に粉が移り、淡い紅の線が引かれたが、そんなことはまったく念頭にない。絵の修繕が法要に間に合ったという安堵《あんど》だけがまだ二十五歳の身を押し包み、もたれかかった土塀に背を預け、そのままずるずると座り込みたい気分であった。

大慌てで本堂を飛び出したため、筆硯《ふですずり》を始めとする道具類はすべて堂内に置きっぱなしである。本尊・阿弥陀三尊坐像《あみださんぞんざぞう》の前で読経を行っている僧たちは今ごろ、堂内に満ちる膠《にかわ》の臭いに、さぞ閉口しているに違いない。

それもこれも——と睨《にら》みつけた先では、御堂の本尊を彫り奉った仏師・成朝《せいちょう》が、すまし顔で聴聞の列に並んでいる。今日の晴れの日のために、わざわざ都から持参したらしく、染み一つない練絹《ねりぎぬ》の水干に錦の括り袴《くくりばかま》が、ほうぼうに顔料をこびりつかせた我が身と引き換えて、更に腹立たしかった。

(まったく。なぜ私がこんな目に遭わねばならんのだ)

ここ、相模国鎌倉《さがみのくにかまくら》に拠点を置く従五位下《じゅごいのげ》・前右兵衛権佐《さきのうひょうえごんのすけ》こと源　頼朝《みなもとのよりとも》が、亡父・義朝《よしとも》の菩提《ぼだい》を弔う寺を建てるとの噂が都に届いたのは、四月前であった。代々、宮城や諸寺の御用を務める画師《えし》・詫磨家の三男に生まれ、親兄弟の手伝いをして腕を磨いてきた為久からすれば、東国の造寺などはるか遠くの出来事。そのため、最初は他人事《ひとごと》としか思わなかった仕事を単身任されたのも予想外であれば、長旅の末にたどりついた鎌倉で、二か月で堂内四方に絵を描けとの無理を命じられたのも予想外でしかない。

それにもかかわらず、下命通りの期日で、御堂内の壁画を見事に完成させたのは、

「あれが京から呼び寄せられた画師だとよ」

「画師とは生《なま》っ白《ちろ》いものなのじゃなあ。あれで佐さまのお気に召す絵が描けるのか」

と囁《ささや》き合う鎌倉のもののふたちに、なにくそという意地がこみ上げてきたからであった。

それだけに法要前日である昨夕、御堂に本尊を搬入した成朝の弟子が、数日前に仕上げたばかりの阿弥陀・二十五菩薩来迎図《ぼさつらいごうず》にうっかり鑿《のみ》をぶつけたとの知らせが宿所に届いた時は、文字通り、項《うなじ》の毛が逆立つほどの怒りを覚えた。しかもいざ駆けつけてみれば、鑿は画の中心である阿弥陀如来の半身を削り取り、壁の素地まで欠いていた。

成朝の宿所に怒鳴り込むいとまはない。すぐさま道具を運ばせ、夜通しかかって描き直しをしたが、焦りゆえにその描線は肥瘦《ひそう》が目立ち、施無畏印《せむいいん》を結んだ如来の手も金泥を施した光背も、当初とは比べ物にならぬほど出来が悪くなってしまった。

ただ幸か不幸か、阿弥陀如来が描かれているのは、本尊の背後の壁。参拝者の目には、もっとも付きづらい場所である。かくして為久は落慶法要の開始を告げる鉦に追われながら、「しかたがないさ」と自分に言い聞かせ、堂舎を飛び出したのであった。

悪いのは自分ではない。これほどに造寺を急いだ頼朝であり、壁画を損ないながら詫《わ》びの一つも言わぬ仏師たちである。

法会《ほうえ》はすでに終わりに近づき、錦の袈裟《けさ》をかけた導師が本堂の簀子《すのこ》で絹製の散華を撒《ま》いている。うららかな陽光を吸い、まるで本物の蓮弁《れんべん》の如く光る散華を眺めながら、「そうだ、これでいいんだ」と、為久は胸の中で呟《つぶや》いた。

今でこそ鄙《ひな》には稀《まれ》な繁華さとはいえ、鎌倉は所詮《しょせん》、東国の田舎。五年前、平氏を打倒すべく兵を挙げた頼朝がこの地に入って屋形を築くまでは、漁《すなどり》の家がぽつぽつと建つばかりの魚臭い小村だったと聞く。

こんな田舎に蟠踞《ばんきょ》するもののふに、累代の絵仏師の家たる詫磨一派の絵が理解できるとは思い難い。如来像の出来が少しぐらい悪くとも、誰が気が付くものか。

一旦《いったん》そう開き直ると、落慶法要に間に合わせねばと必死だったこの二か月が、急に馬鹿馬鹿しく思われてくる。こみ上げてきたあくびを、為久は口の中で嚙《か》み殺した。

「ここにいたのか。法会が終われば、造寺に功のあった者たちに、佐さまが禄《ろく》を下される。おぬしもさっさと聴聞の列に戻れ」

腰に大刀を佩《は》いた随兵が駆け寄って来るなり、いかにも武人らしいがらがら声で言った。

御堂の前には早くも、導師への布施と思《おぼ》しき綾《あや》や長絹、砂金に銀、錦の被物《かずけもの》といった品品が長櫃《ながびつ》の蓋《ふた》を開け放って飾られている。今まさに寺門から引き入れられた駿馬《しゅんめ》の列は、本日より勝長寿院《しょうちょうじゅいん》と名付けられた御堂に寄進されたものであろう。とはいえ為久がこの寺の壁画を任されたのは、あくまで多忙な長兄の代理に過ぎない。願主たる源頼朝とてそれは承知だけに、恐らく禄は為久自身ではなく、都の実家に直《じか》に送られるはずであった。

「はいはい、ただいま戻りますよ」

それだけに口先ではおとなしく従いながらも、あの忌々《いまいま》しい仏師と同じ列に並ぶ気には到底なれない。踵《きびす》を返す随兵を見送り、為久は土塀に更に背を預けた。

十一年前、二十歳で出家し、現在は真乗房勝賀《しんじょうぼうしょうが》と名乗っている長兄は、詫磨家のある八条西洞院《はちじょうにしのとういん》にちなんで「八条先生」と呼ばれる絵の名手。次兄・為長《ためなが》も若い頃から勝賀に劣らぬ名手として名を轟《とどろ》かせていたが、五年前の冬、作事場での怪我が元であっけなく亡くなってしまった。このため現在、長兄のもとには日夜、山のような依頼が舞い込んでおり、いくら権勢著しい源氏《げんじ》の棟梁《とうりょう》の求めでも、東国まで足を運ぶ暇《いとま》はない。為久が来たくもない鎌倉に遣《や》られたのも、すべてはそんな兄の代理であった。

そうでなくとも近年、各地では寺院の作事が立て続いている。為長が没した治承《じしょう》四年（一一八〇）の冬、当時権勢を恣《ほしいまま》にしていた平家《へいけ》は、自らに承服せぬ悪僧を封じんと、五千の兵をもって南都を急襲。東大寺《とうだいじ》・興福寺《こうふくじ》を含む諸寺は灰燼《かいじん》に帰し、失われた仏像は百体とも二百体とも囁かれている。

その平家は今年三月、源 義経《みなもとのよしつね》率いる源氏軍によって西海・壇《だん》ノ浦《うら》に滅びたが、彼らの爪痕《つめあと》がそれで消えるわけではない。焼亡した南都諸寺は元より、平家都落ちの際に焼損した洛東《らくとう》の寺社、足かけ六年に及んだ戦で亡くなった縁者を弔わんと発願された新しい寺など、諸国には今、未曾有《みぞう》の作事の波が押し寄せていた。

そんな最中《さなか》、勝長寿院が立柱から一年足らずで落慶法要にこぎつけた事実は、願主たる源頼朝の権勢をありありと物語っている。境内にひしめく人の波に、為久は目を走らせた。

生真面目な顔で居並ぶ御家人衆はいずれも筋骨逞《たくま》しく、身にまとう直垂《ひたたれ》は縫い目が見えるほどに洗い晒《さら》されている。頼朝の下命あらば、すぐさま戦陣に飛び出していくもののふを前にすると、こんな鄙の地の仕事を押し付けた兄がつくづく恨めしい。

とはいえ法会が済めば、ようやく作事も終わり。これで大手を振って、都に引き揚げられる。いよいよ高くなる読経の声を聞きながら、為久が肩の力を抜いた、その時である。

背を預けた土塀の向こう側が、急に騒がしくなった。具足に身を固めた兵卒に囲まれた手輿《たごし》が境内に舁《か》き込まれ、本堂の正面にあわただしく降ろされる。散華をしていた衆僧が身動きを止め、読経の響きまでが一瞬、静まった。

「遅くなり、申し訳ありません。わが君」

参列の衆の眼差《まなざ》しを一身に受けて輿から降り立った女は、為久より三つ、四つ年上であろう。女にしては高い背とふくよかな肉付きが、さして悪くも思っていなそうな物言いに静かな威を添えていた。

「これは御方《おかた》さま」

御家人の一人が駆け寄り、女の前に膝《ひざ》をつく。その鼻先を封じるように、「わたくしの座はどこです」と女は問うた。

「わたくしは佐どのの北ノ方です。舅《しゅうと》どのを弔う御寺の落慶法要に、まさかわたくしの座が整えられておらぬわけはないでしょうね」

「は、そんなことは——」

御家人の額には冷や汗が浮かんでいる。言葉面とは裏腹に、女の来臨が予想されていなかったことは一目瞭然《りょうぜん》であった。

御堂の左右には小さな幄舎《あくしゃ》(幕屋)が建てられ、左には願主たる頼朝が、右には頼朝の縁者と思しき狩衣《かりぎぬ》小袖《こそで》姿の男女が座している。

なるほど、これが頼朝の妻として都にまで名の知られる、北条《ほうじょう》の姫・政子《まさこ》か。為久は土塀の陰に身を寄せ、下膨れ気味の北ノ方の顔を盗み見た。

願主の妻の訪れとなれば知らぬ顔もできぬのか、読経はもはや完全に止んでいる。だがどういうわけか頼朝の座す左の幄《あく》はしんと静まり返り、妻を呼び入れる気配はない。

代わって右の幄から小柄な男が飛び出し、

「政子さま、こちらにお越しになられませ」

と、狩衣の袖を揺らして政子に呼びかけた。

「私と妻子がおるため、狭うございます。されどわが妻の縁で申せば、政子さまは私の義《あ》姉《ね》。お嫌でなければぜひ、ご一緒に」

「能保《よしやす》どの、ありがとうございます。ですがこんな大柄な女子がお邪魔をしては、有子《ありこ》さまにも姫君たちにもお邪魔でございましょう」

口では遠慮を述べながらも、政子はすでに右の幄舎に向かって歩み出している。幄内の女子たちがあわてて座を空け、随兵が新たな床几《しょうぎ》をその間に据えるのが、遠目に望まれた。

我に返ったように読経が再開され、散華がまた冬陽のただなかに散る。見れば聴聞の御家人たちはあからさまな安堵を面上に浮かべ、中にはかたわらの同輩とひそひそと囁き合っている者すらいる。何やら奇妙な気配に、為久は小走りに聴聞の列に分け入った。

「おい、今のはどういうことだ」

いかに好奇に駆られたとはいえ、髭面《ひげづら》の御家人衆に問いかける勇気はない。忌々しいと思いながらもかたわらの成朝の肘《ひじ》をつつくと、五十がらみの仏師は前に顔を向けたまま、細い目だけをきょろりと動かした。

「なんじゃ。おぬしは知らぬのか。頼朝さまは今、北ノ御方と仲違《なかたが》いをしておられるのじゃ。なんでも頼朝さまがお屋敷に仕える女房をご寵愛《ちょうあい》召され、子まで孕《はら》ませたのに、北ノ御方が激怒なさったそうでなあ」

なんだそりゃ、と為久がひとりごちたのも無理はない。公卿《くぎょう》・武人を問わず、立場ある者は複数の妻妾《さいしょう》を持つのが当然の当節、北ノ方と呼ばれる正室であれば、他の女に心遣いをする度量があってしかるべきである。その日の飯にも事欠く庶人であればともかく、仮にも源氏の棟梁の妻にしては、あまりに器が小さい話であった。

「あの北ノ御方はそういうお人柄じゃそうな。以前も、頼朝さまがある女子《おなご》の許《もと》にこっそり通っておられることに腹を立て、その者の住まいを散々に打ち壊させたとか」

結局、その女は北ノ方の怒りに震え上がり、鎌倉を立ち退いた。それに引き続いての新たな愛妾の懐妊に、政子は今度こそ激怒し、今日の落慶法要にも欠席を公言していたという。

「それがどういう気まぐれで、姿を見せられたのやら。これだから女子は度し難いわい」

自身にも覚えがあるのか、成朝は小さく舌打ちをした。

簀子では散華はいつしか終わり、まず頼朝が、ついで向かいの幄から進み出た政子が仏前に進み出て礼拝を始めている。しかしなるほど両人は知らぬ者同士の如く顔を背け、視線すら交わさない。そのままそれぞれの幄に戻る二人に狼狽《ろうばい》したらしく、能保と呼ばれていた狩衣姿の男が、「さすがに見事な御堂でございますなあ」とわざとらしい感嘆とともに、仏前に進み出た。

「元子《もとこ》も淑子《としこ》もよく拝見せよ。おぬしらの祖父《じい》さまの御霊がここにおわすのだからな」

十歳前後と見える少女が二人、母親らしき女に導かれながら、はあいと声を揃える。能保のその大仰な振る舞いは、武門の男ばかりが居並ぶ境内にあっては、ひどく場違いと映る。

そんな一家に目を奪われている為久に、ああ、と成朝が声を漏らした。

「ありゃあ、頼朝さまの妹君ご一家だ。背の君は従五位下《じゅごいのげ》・太皇太后宮権亮《たいこうたいごうぐうごんのすけ》、藤原《ふじわら》能保さまと仰せられてな。わしと前後して、都より下って来られた方々じゃわい」

成朝の鎌倉到着は、為久より三月も前と聞く。つまりあの一家はかれこれ半年近くも、この地に滞在しているわけか。

太皇太后宮権亮といえば、二人の帝《みかど》の寵愛を受けた太皇太后・藤原多子《まさこ》に仕える官職。そんな一家が鎌倉くんだりに滞在するのは珍しい。為久は無精髭が生えたままの顎《あご》を、小さく撫《な》でた。

武家でありながら朝堂の中心に座を占めていた平家を失い、都は今、混乱の最中にある。為久が京を発《た》つ直前の六月二十三日には、壇ノ浦で捕縛された平家の総帥、前内大臣《さきのないだいじん》たる平宗盛《たいらのむねもり》が六条《ろくじょう》河原に梟首《きょうしゅ》。南都焼亡を招いた前三位中将《さきのさんみちゅうじょう》・平重衡《たいらのしげひら》もまた、同日に木津川《きづがわ》端で斬首《ざんしゅ》され、首が般若坂《はんにゃざか》に晒されたという。

平家とともに西海に沈んだ言仁《ときひと》帝（安徳《あんとく》天皇）に代わって即位した尊成《たかひら》帝（後《ご》鳥《と》羽《ば》天皇）は、まだ六歳。実質的な政《まつりごと》は法皇・雅仁《まさひと》（後《ご》白河《しらかわ》上皇）が執っているが、新たに武門の棟梁となった源頼朝の権勢は、衆目に明らかである。

二人の姫の年齢から推すに、能保が頼朝の妹と結ばれたのは、まだ平家が栄華の最中にあった頃。つまり能保は、その折は夢にも思わなかった権力を得た義兄の威光に与《あずか》るべく、はるばる鎌倉まで下向してきたのに違いない。

「さあさあ、禄が下されるぞ。番匠どもは佐さまの御前に進み出ろ」

随兵の促しに、為久は成朝たちと共に立ち上がった。しおらしく頭を下げ、頼朝からねぎらいの言葉を受けて退こうとした途端、右の幄舎から「あの」とか細い声がかかった。

「御堂の壁画は誰が描いたのでしょう。はるばると美しい山河の光景といい、往生者を迎える天人たちの舞い飛ぶ浄土の美しさといい、まるで都に戻ったかと思われるほどでした」

「はい。私でございます」

とっさに応じて膝をつけば、声の主は有子と呼ばれていた能保の妻であった。年はかたわらの政子より上と見えるが、ぽってりと重たげな一重瞼《ひとえまぶた》と小さな目鼻立ちが、あどけなさすら漂わせている。かたわらの政子の大柄な体軀《たいく》がまた、その印象をますます際立たせていた。

「まあ、そうでしたか。以前、洛東《らくとう》の最勝院《さいしょういん》に参詣《さんけい》した折に見た多宝塔の柱絵と、そっくりな気がしたのですが」

「それは、私の兄が主に描いたものかと存じます。私もわずかなりとも手伝いをいたしましたが」

「そうなのですね。あの柱絵に描かれた大日如来《だいにちにょらい》さまや阿閦《あしゅく》如来さまのありがたさと言ったら、今でも時折、夢に見るほどです」

邪気のない有子の笑顔とは裏腹に、為久の胸に冷たい風が吹き通った。

よく覚えている。東山《ひがしやま》・白河の最勝院多宝塔に兄の勝賀が絵を描いたのは、三年前。その補佐を父から命じられて作事場に出かけた為久は、自分とは比べ物にならぬ勝賀の画技に打ちのめされ、御像の天衣の裾《すそ》や宝冠など、ほんの数か所を手伝っただけですごすごと家に帰ったのであった。

同じ父を師としている以上、兄と自分の絵が似ているのは当然。ただ、どうにも越えられぬ大河で隔てられたその二つをそっくりと評した有子に、為久はどす黒い不快を覚えた。

「だとすれば、そなたは京から来た画師なのですね。名は何と申すのですか」

「はい、詫磨為久と申します」

ためひさ、と口の中で呟いてから、有子は背後に控えていた武士を振り返った。巡らされた幔幕《まんまく》の上から侍烏帽子《さむらいえぼし》が見えそうなほど背の高い、三十がらみのもののふであった。

「基清《もときよ》、わたくし、この者に屋敷の持仏堂の壁絵を描かせます。都に戻り次第、そう計ってください」

は、と言葉少なに頭を下げたところを見るに、この男は鎌倉の御家人ではなく、能保家の家人らしい。とはいえ主《あるじ》たる能保の許可なく、家内のことを決めていいのであろうか。そう案じた為久にはお構いなしに「いいですね。お願いしますよ」と有子は念を押した。

「仔細《しさい》はこれなる基清が計らいます。都に戻り次第、すぐに知らせをやりますので、後ほど基清にそなたの家の在り処《ありか》を――」

有子の言葉を遮って、突如、耳障りな音が響いた。政子がかけていた床几を乱暴に倒して、立ち上がったためであった。目を丸くする有子たちにはお構いなしに、政子はそのまま太緒の草履で地面を踏みしめ、頼朝の幄舎へと大股《おおまた》に歩み寄った。

「き、北ノ御方。どうなさいました」

能保がおろおろと、政子の行く手を塞《ふさ》ごうとする。それには一瞥《いちべつ》もくれぬまま、政子は頼朝の目の前に立った。

自分を睨み下ろす妻には目もくれず、頼朝がやはり床几を鳴らして席を立つ。そのまま幄舎から歩み出る頼朝の後を、政子が「お待ちください」と追いかけた。

「大進局《だいしんのつぼね》のことは、いったいどうなさるつもりです。すでに胎《はら》の子は五月になるとやら。男児であれば万寿《まんじゅ》が、女児であれば大姫《おおひめ》がもはやおりますのに、更なる子なぞ鎌倉の地には要らぬ諍《いさか》いになるだけではございませんか」

「御仏の御前だぞ。さような話は慎め」

まっすぐ前を向いたまま短く応じた頼朝の声は硬い。骨の目立つ頬の強張《こわば》りが、その不快をありありと物語っていた。

「いいえ、慎みませぬ。佐さまのお子は、この鎌倉の地の子も同然。わたくしは妬心《としん》からかように申しているのではありませぬ。ただあなたさまの妻として、源氏の先行きを思えばこそ」

頼朝の唇が真一文字に引き結ばれ、いよいよその足が速くなる。聴聞の座の御家人衆はおろか為久までが息を呑《の》んだ刹那《せつな》、水面を平手で叩《たた》くに似た奇妙な音が耳元で響いた。

驚いて振り返れば、有子が片手で己の口を押さえ、狼狽に目を泳がせている。その肩が何かで突いたかの如く小さく跳ね、また先ほどの奇妙な音が有子の口元から漏れた。

「もう、母さまったらまた」

「父さま、大変。また、母さまのさくり（しゃっくり）が始まったわ」

二人の姫君が口々に、能保を呼ぶ。だが当の能保は金切り声を張り上げる政子と、それから逃げるように足を急がせる頼朝を呆然《ぼうぜん》と見つめたまま、こちらを一顧だにしない。

また有子の肩が揺れ、人並み外れて大きなさくりの音が幄に響く。有子の背後にうっそりと立つ基清の双眸《そうぼう》が、箔《はく》を置いたに似た底光りとともに為久に向けられた。

「で、では、私はこれにて失礼いたします」

去れ、と命じられていると察して幄舎を退けば、政子は馬にまたがった頼朝の手綱を摑《つか》み、その不実を口を極めて罵《ののし》っている。

席を立つに立てず、かといって聞き耳を立てることもしがたいのであろう。境内に居並んだまま、居心地悪げに身をすくめる御家人たちの足元に、風に乗って運ばれてきた散華がはらはらと舞っている。

またひくっと有子のさくりが響き、そこに政子の金切り声が重なる。まだ色あせぬ山々の錦繡《きんしゅう》の装いだけが、場違いに美しかった。

二

法要から半月後、都に戻った為久が仰天したのは、頼朝から生家に送られていた禄のおびただしさであった。

頼朝が物惜しみしない男であるとは、落慶法要の折の寄進から分かっていた。だが砂金十両に染絹十反という品々は、わずか二か月の作事への褒美としては破格である。

父の為遠《ためとお》は昨春、中風で倒れ、命こそ取り留めたものの、寝たり起きたりの日々を送っている。息子の無事の帰洛とおびただしい禄に感情の堰《せき》が切れたのか、まだ旅塵《りょじん》も落とさぬままの為久を邸内に引っ張り上げ、右半分が動かぬ顔に大粒の涙を伝わせた。

「さすがはあの平家を追い落としたお方じゃなあ。まことに、まことにありがたい」

ようやく家にたどりついたのである。まずは手足を清め、思う存分身体を休めたい。離れの画室で絵を描いているはずの兄に、見事に鎌倉から戻ったぞと胸を張りもしたいのに、もつれる舌を励まして喜ぶ老父を前にしては、それもままならない。とにかく為遠の気を逸《そ》らそうと、「それにしても驚いたなあ」と為久はわざと間延びした口調を繕った。

「ほんの半年足らず離れていただけなのに、こんなに都がしんと静まり返っちまうとはさ。どこの辻々《つじつじ》も検非違使《けびいし》やら放免《ほうめん》やらが目を光らせ、何が起こったのかと怖くなっちまったよ」

その途端、為遠はそれまでとは別人の如く頬を引き締め、「ふん、それもこれもあの鞍《くら》馬《ま》の山猿のせいじゃ」と吐き捨てた。

「平家を滅ぼした功を鼻にかけ、畏《おそ》れ多くも院（上皇）にねだり事なぞ致すとはな。もののふという輩《やから》は、まっこと礼儀を知らぬわい」

平家滅亡後、義経と頼朝の間に明らかな溝が生じていることはもはや周知の事実であった。

頼朝にとって、義経は弟とはいえ、あくまで配下の一将軍。それが京に凱旋《がいせん》後、後白河院からあたえられるままに官職を得たり、鎌倉の許可なく武士の処断に当たったりしたことが頼朝を刺激したのであったが、義経もだからといっておとなしく我を折る男ではない。一旦は兄に弁明を試みるも、それが容《い》れられないと分かるや、今度は院に迫り、半ば無理やり頼朝追討の宣旨《せんじ》をねだり取ってしまった。

それが勝長寿院落慶の六日前だったというから、法会の日、頼朝があわただしく寺を去ろうとしたのは、そんな弟の動きに手を打つためでもあったのだろう。そして実際、為久が都に戻るまでのわずかな間に、頼朝は政子の父・北条時政《ほうじょうときまさ》を筆頭とする千騎の手勢を京に送り、先の宣旨への怒りを院に突きつけるとともに、都を去った義経を追捕《ついぶ》するための守護・地頭職の全国設置を認めさせた。

為遠は若い頃、院の異母弟・体仁《なりひと》（近衛《このえ》天皇）に可愛がられ、御座所たる近衛院への出入りも許されていた。それだけにとかく騒がしい世の中にあってなお、もののふにはいささか点が辛い。つい先ほどまで、頼朝の恩義と倅《せがれ》の無事に涙していたことなぞ忘れ果てた様子で、額の際までを赤らめて声を荒らげた。

「あの放免どもはな、鞍馬の山猿がいまだ京に潜んでいるのではと疑った京都守護が、辻辻に放ったのじゃ。都の安寧を守るお役目といえば、古来、帝より任ぜられた検非違使や京職《きようしき》と決まっておる。それがまあ、東のもののふが京都守護なぞと名乗って幅を利かせるとは。末法《まつぽう》の世とは、まっことこのことじゃ」

「親父どの。末法の世の始まりは、永承《えいしよう》七年（一〇五二）壬辰《みずのえたつ》だ。かれこれ百年も昔からこの世は末法なのだから、今更嘆くこともなかろうよ」

怒声が大路まで響き、それこそ放免の耳に入っては厄介である。だがなだめる為久には知らぬ顔で、為遠は突然かっと双眸を見開いた。誰もおらぬ庭先に顔を向けるや、「おい、朝餉《あさげ》はまだか。何をしておる」とひび割れた声で叫んだ。

「今日は近衛院の上棟式じゃ。わしが遅れては、帝もさぞご不快に思われよう」

中風で倒れて以来、話の接ぎ穂が怪しかったり、人の話を聞かぬ折が増えたりしたとは感じていた。だがほんの半年の間に、父の頭の箍《たが》はまた一段とゆるみが大きくなったようである。

（こりゃあ、まずいぞ）

為久の背に小さく、粟《あわ》の粒が立った。

社寺・権門富家に出入りする画師は、なにより信用が第一。画師としてはまだ年若な勝賀や為久がほうぼうの御用を務められるのも、すべて為遠が後ろ盾に居ればこそである。

為久たちの母はとうに亡く、家内のことは祖父の代から召し使う家僕が切り盛りしているが、なにせ為遠以上の高齢だけにあちこち目が行き届かぬところも多い。こんな状態の父親を、兄は何と思っているのか。

苛々《いらいら》と爪を噛む為久とは裏腹に、日暮れとともに画室代わりの別棟から出てきた勝賀は、「なんだ。もう戻ったのか」とそれが癖の平板な口調で呟いた。

勝賀は為久とは気性が反対で、物言いも挙措《きょそ》も常に落ち着き払っている。出家剃髪《ていはつ》してからはますますそれに拍車がかかり、ほうぼうについた顔料さえなければ、どこの寺の従僧かと疑う静けさであった。

「なんだではないぞ、兄者。親父どのの耄碌《もうろく》ぶりと来たら、どういうことだ」

「どうと言われたとて、しかたあるまい。人とはおのずと老いて行くものだからな」

そんなことより、と勝賀は旅装を解かぬままの為久の全身を眺めまわした。

「鎌倉の作事は、うまく行ったのだろうな。あれほどの褒美を賜ったのだ。毛一筋たりとも手を抜いたりしては、詫磨の名に傷がつくぞ」

不恰好《ぶかっこう》なまま放り出してきた来迎阿弥陀の面相が脳裏をよぎるが、まさか今になって、事実を告げもしがたい。もちろんだとも、と為久は力を込めて応じた。

「ならばよかった。ところで、高雄神護寺《たかおじんごじ》から新たな曼陀羅《まんだら》を作れとの仕事が来ていてな。

先月からすでに、下絵に取りかかっているのだ。よかったら、おぬし、手を貸さんか」

「勘弁してくれよ。長旅で疲れているんだ。せめてこの年のうちは身体を休めさせてくれ」

「なるほど、確かにそれもそうだな。聞けば鎌倉の御寺の作事は、ずいぶんあわただしいものだったとか。そういう仕事をすると、筆が荒れるものだ。まずは疲れを取るといい」

勝賀の言葉は一見、弟を案じているようで、実は絵にしか懸念が向けられていない。とかく身辺の雑事に目を奪われてしまう自分とは、まったく異なる人間なのだ。

「——あ、ああ。そうさせてもらうさ」

薄々分かっていた事実を突きつけられ、為久はまたも兄と自分の差を感じずにはいられなかった。勝賀であれば、一晩という限られた時間であろうとも、傷ついた来迎図を見事修繕したであろうし、法会が始まろうが導師が堂宇《どうう》に入って来ようが、絵が仕上がるまで決してその場から動かなかったに違いない。

分かっている。結局、自分は兄に勝てぬのだ。頼朝からの褒美がどれだけ晴れがましくとも、その事実は動かせはしない。

一旦、そう感じてしまうと、年が改まり、都を取り巻く山々に山桜の薄紅が目立ち始めても、為久はなかなか絵筆を執る気になれなかった。だが勝賀はそんな弟には文句一つ言わず、朝から晩まで画室に籠《こも》り続けている。

甲冑《かっちゅう》をまとう雄々しい毘沙門天図《びしゃもんてんず》に、長い袂《たもと》を翻した十羅刹女図《じゅうらせつにょず》。はたまた長い錫杖《しゃくじょう》を手にした地蔵菩薩図《じぞうぼさつ》。画室から次々運び出される画幅には、壇ノ浦に没した平家一門を弔うべく発願された仏画も複数交じっている。そのおびただしさに為久は改めて鎌倉での自らの仕事を省み、ますます苦い屈託を噛みしめた。

「ごめんあれ。詫磨為久どのの住まいはこちらか」

そんな胴間声が門口に轟いたのは、夏も間近な三月晦日《みそか》。取次に立った老僕は足をもつれさせて駆けてくるなり、自室の板の間に寝転がっていた為久を強く揺すった。

「起きて下され、お客人でございます。太皇太后宮権亮ご室家《しつか》さまのお使いと名乗っておられます」

場違いに大きなさくりの音が、耳の底に蘇《よみがえ》る。急いで起き直った為久に、老僕は声を震わせた。

「為久さま、いったい何をなさいました。今、門口に来ているお使いと来たら、侍烏帽子に大刀を佩き、雲を突くが如き侍でございます。まこととはあれは、京都守護さまの手先では」

老爺《ろうや》を押しのけて部屋を出れば、勝長寿院落慶法要の折、有子の背後に控えていた侍が、柴門《さいもん》のかたわらに立っている。厳《いか》めしい体軀とは裏腹に小さな目を素早く動かし、「ここで合うていたか」と独言した。

「家の在り処を聞きそびれておったため、ずいぶん難儀いたしたぞ。まったく、こういう時はおぬしの方から訪《おとの》うて来るのが筋であろう。——有子さまがお召しだ。さっさと参れ」

言うが早いか踵を返す基清に、「お、お待ちください」と為久は追いすがった。

「鎌倉でお目にかかった折、持仏堂の絵をとは承りました。されど、能保さまのお許しはすでに得ておいでtogether...

基清は鋭く為久を見据えた。わざとらしい溜息《ためいき》をついてから、「二度は言わぬ。ついて来い」と声を尖《とが》らせた。

「有子さまはただいま、身重でいらっしゃる。持仏堂の壁画より先に、まず無事のご出産を祈願する観世音菩薩《かんぜおんぼさつ》の尊像を描かせたいとの仰せだ」

基清を追って門を出れば、室町《むろまち》小路を北に向かう足取りは驚くほど速い。一条《いちじょう》大路を越え、木の香も真新しい屋敷の門をくぐってから、基清はようやく、「ここだ」と歩を緩めた。

仕事柄、公卿の家には幾度も足を踏み入れている。ただ、過去に訪れたそれらに比べると、導かれた邸宅は妙に物々しかった。

廏《うまや》がすぐそばにあるらしい。逞しく肥えた馬が手綱を取られて連れて行かれる先では、腹巻（胴丸）に身を固めた武士が一列になって薙刀《なぎなた》の稽古《けいこ》に励んでいる。井戸端で頭から水をかぶる男たち、鍛冶《かじ》所が邸内にあるのか、どこからともなく漂って来る鉄の臭い……

都の治安を守る衛府にでも迷い込んだかのような有様に、為久は目を丸くした。

それでも案内された対ノ屋の庭は、門内の喧騒《けんそう》とは裏腹に静まり返り、見覚えのある少女たちが咲き群れる小花を摘んでいる。広縁からそれを見守っていた有子が、「来てくれましたか。嬉《うれ》しいこと」と、為久の姿に目を細めた。

その腹部は瓜《うり》を押し込んだかの如く膨れ上がり、産の近さを物語っている。几帳《きちょう》すら巡らさぬまま、有子は為久に向かって身を乗り出した。

「わたくしたちは先月、鎌倉から戻ってきたのです。それ、わたくしがこんな身体でしょう。兄君は身二つになるまで鎌倉に留《とど》まってはと仰《おつしや》ったのですが、背の君がご多忙で」

ご多忙、という為久の胸の呟きをかき消すように、門の方角でうおおおッと鬨《とき》の声が上がった。およそ公卿の屋敷とは思えぬその響きに、花を摘んでいた姫君たちが怯《おび》えた顔を上げる。同時に有子の肩が大きく跳ね上がり、朱を施した唇からあのさくりの音が漏れた。

「有子さま、よろしければ臥所《ふしど》に——」

基清が眉《まゆ》を曇らせて、小声で勧める。いえ、とそれに首を振って、有子はさくりに震える口元に懸命に笑みを浮かべた。

「仔細はすでに基清から聞いたでしょう。詫磨は画師の家として、ほうぼうからの依頼が引きも切らぬとか。かようなお方に描いてもらえれば、これほど嬉しいことはありません」

依頼が山積みなのは勝賀であって、為久ではない。とはいえそれをここで口にするのも口惜しく、為久は無言で頭を下げた。

「幸い屋敷は広いので……雑舎を一棟、画室代わりに与えましょう。入用なものがあれば遠慮なく、そこな……基清に言ってください」

有子の言葉がところどころ途切れるのは、さくりに邪魔をされるためであった。それでも決して笑みを絶やさぬ有子に、為久はわずかな不気味さすら覚えた。

御前を退き、念のために持仏堂を拝見する間にも、邸内の喧騒はいよいよ激しくなっている。どうやら兵鍊をしているらしいが、そうと分かってはいても、喚声が上がるたびについつい目が泳ぐ。案内に立っていた基清が、「能保さまはこの二月から、京都守護に任ぜられてな」とぼそりと告げた。

「あのもののふどもは能保さまの手勢だ。恐ろしげと映るかもしれぬが、関わりなき者には手出しはせぬ。安心せい」

「きょ、京都守護とは、それはまたなぜ」

言葉に出してすぐ、為久は問いの愚かしさに気づいた。昨年、京都守護に任ぜられた北条時政は、頼朝の岳父。つまり能保は京都に睨みを利かせたい義兄の意を受け、頼朝の肉親として京都守護の職を引き継いだのであろう。

能保は公卿。武門の棟梁の縁者とはいえ、もののふを率いるのは本来、荷が重いはずである。ただ落慶法要の折の卑屈さを思えば、あの男は少しぐらいの無理は通しそうに思われる。

つまり、と為久の胸は小さく弾んだ。もしこれを機に能保一家の恩顧を受けられれば、為久は鎌倉の頼朝に近づき得る。そうなれば自分の許には今後、勝賀を上回る数の仕事が持ち込まれるやもしれない。

（こりゃあ、絶好の機会だぞ）

調子のいいもので、この屋敷の向こうにある権力に気付くや、途端にやる気が湧いてくる。かくして為久は早速翌朝、顔料の箱を背負って能保邸に向かった。与えられた雑舎は小さいが竈《かまど》まで備えられ、有子の指示か衾《ふすま》（寝具）を始めとする調度類まで置かれている。

だが板の間に道具を並べ、早速、麻紙を広げてみれば、邸内に響くもののふの雄叫《おたけ》びや馬の嘶《いなな》きはあまりにけたたましく、一向に絵に集中できない。ならば、と画帖《がじょう》を取り出し、厩に引き入れられる馬や弓矢を射るもののふたちの生写《しょううつし》（写生）を始めてみると、同じ屋敷に暮らす者同士という親しみゆえらしい。

「おお、画師どの。こ奴を描いてやってくれ。われらの中では一番の弓の上手じゃ」

「今日は馬は描かぬのか。陸奥国《むつのくに》からとびきりの駿馬が届いたぞ」

と、為久はあちらこちらのもののふから声をかけられるようになった。

一度、親しんでみれば、もののふたちは姿かたちこそ厳めしいが、総じて人なつっこい。そんな彼らから教えられたところによれば、能保は現在、京都守護の任のみならず、京都の朝堂と鎌倉の頼朝の文書の取次、更には頼朝の代理として畿内《きない》諸寺との交渉まで任されているという。その多忙は前の京都守護の比ではなく、おかげで能保はほとんどこの邸宅に戻って来ないとの話であった。

「能保さまは運のいいお方だ。左馬頭《さまのかみ》（源義朝）さま亡き後、後藤兵衛《ごとうひょうえ》のもとに養われていたさくりの姫を娶《めと》った時には、何故またあんな日陰の身の女子をと思ったものじゃがな」

さくりの姫が誰を指すのか、言われずとも分かっている。為久は馬を描きながら、はあ、と相槌《あいづち》を打った。

後藤兵衛実基《さねもと》とは有子の養い親にして、亡き義朝の郎党の一人らしい。都から落ち延びる主《あるじ》に姫の養育を頼まれ、単騎、京にとって返した忠実な老武者だとものの ふたちは語った。

「それ、おぬしをここに連れて来た基清な。あれはその後藤兵衛の養子にして、さくりの姫さまの乳兄妹《ちきょうだい》じゃ。二十歳の若さで左兵衛尉《さひょうえのじょう》に任ぜられ、今は検非違使にてその人ありと言われる京武者でな。かような豪の者を能保さまが家人として用い得るのも、ひとえに姫君のおかげというわけよ」

そう教えられれば、有子に対する基清への忠義も得心できる。馬の断きに顔をしかめながら、為久は大きくうなずいた。

夏を迎えるとともに有子の腹はいよいよ膨らみ、北ノ対には産室の支度が整えられた。

だがそれにもかかわらず、肝心の観音図はまだ下絵すら仕上がっていない。基清はそんな為久を庭に呼びつけ、このままでは御産に間に合わぬと眉を吊《つ》り上げたが、他ならぬ有子が静かにそれを制した。

「日がないにもかかわらず……無理やり頼んだこちらが悪いのです。かくなる上はせめて、持仏堂の……画《え》をよろしくお願いします」

申し訳ありません、と低頭しながら、為久は大きなさくりを繰り返す有子をうかがった。

二月あまり眺めた限りでは、有子のさくりは二人の姫や基清など、身近な者との団居《まどい》の際には出ない。だが今の如く意に添わぬ事が起きたり、邸内のもののふが騒ぎ立てたりすると、途端に大きなさくりがその語を遮る。つまり有子のさくりとは、ままにならぬ腹立ちや悲しみの表れらしい。

もののふたちが話した通り、能保の姿をこの屋敷で見かけることは皆無に近い。都では昨今、京を去ったはずの源義経一行が東山に潜伏しているとの噂があり、その追捕に奔走している様子だった。

もし源頼朝が平家を打ち破らなかったなら、と為久は思った。能保は平凡な中流公家《くげ》として生涯を過ごし、有子も二人の姫も邸内の喧騒に驚かされる日々とは無縁だったであろう。有子の団居には、夫たる能保が当然加わり、兵馬の嘶きや武具の音に代わり、穏やかな楽の音が屋敷を彩っていたに違いない。

（人の幸せとは、実に分からぬものだなあ）

政子の如く逞しき女であればきっと、転がり込んだ権力に戸惑いはすまい。そう思うとたださくりを漏らすのみの有子が、急に哀れと感じられた。

それから間もなく、有子は女児を出産した。だがそれでもなお能保は自邸に戻らず、代わって聞こえてきたのは、有子の長女が帝の乳母として出仕するという噂であった。

「ふざけるなよ。一の姫君はまだ、十一、二歳でいらっしゃるぞ。乳母っていうのは子を産み、乳が豊かに出る女が務めるものだろう」

「いや、それが本当らしいぞ、画師どの。異例ながら、鎌倉の兄君よりのぜひとのご要望だと」

かつて平家一門は、清盛《きよもり》の娘・徳子《とくこ》を入内《じゆだい》させた上、生まれた皇子を帝位に就け、藤原《ふじわら》氏にも劣らぬ権勢を揮《ふる》った。頼朝もまたその例に倣い、長女たる大姫の入内を目論《もくろ》んでいるらしいが、当の姫君が頑としてそれを拒み、なかなか話が進まない。そこで頼朝と能保が思いついたのが一の姫君の出仕なのだ、という邸内の囁きを裏付けるが如く、有子の床上げと同時に、北ノ対には急に人の出入りが増えた。

折々の衣装や調度類の支度に始まり、連れて行く女房の選抜、牛車《ぎつしや》の手配……邸内が浮かれたざわめきに満たされるに至っては、もはや一の姫の出仕は疑いようがない。

だが母である有子からすれば、まだ少女に過ぎぬ娘の出仕は不安でしかないのであろう。

年が改まるとともに、基清一人を供に為久の雑舎を訪れ、「あの子に持たせる絵巻を描いてくれませんか」と言い出した。

「一の姫たる元子は、まだ子ども。されど帝の乳母として出仕すれば、容易に宿下がりも叶《かな》わぬでしょう。日々の慰めになるような、都の風物を描いた絵巻を持たせたいのです」

「お気持ちはお察しいたします。ただ私の得意は、ご存じのように仏画でございます。そういった絵であれば、巨勢《こせ》なり常盤《ときわ》なり、宮中画所に連なる画工にお任せになられた方が」

現在、都で活躍する画師のほとんどは、宮中御用を仰せつかる宮中画所の流れを汲《く》む者たち。為久たちの曾祖父《そうそふ》はそんな画所を早くに飛び出し、諸寺の仏画を模写して腕を磨いたと伝わるだけに、詫磨の者はみな、屏風《びょうぶ》絵や扇絵といった俗画よりも、仏画を主に得意とする。

為久の言葉に、有子は下唇を噛みしめて、「そうですか」と溜息をついた。

「わたくしはそなたより他に、画工を知らぬのです。能保さまにお尋ねすれば、ご存じかもしれませぬが――」

肩を落とす有子を見かねたのか、片隅に控えていた基清が、「お方さま」と声をかけた。

「春とはいえ、ここは冷えます。火の側にお寄りになられてはいかがですか」

「ありがとう、基清。まこと、もう二月というのに冷えること。――そういえば、牛若《うしわか》どのはもう、奥州《おうしゅう》に着いた頃でしょうか」

急に転じた話頭に、基清の小さな双眸が忙《せわ》しく動く。為久がそ知らぬ顔を決め込んだのを確かめてから、「さようでございましょうな。出羽国《でわのくに》を通られたとの知らせが届いて、はや十日になりますれば」と、応じた。

天下の謀叛《むほん》人と名指しされた源義経が、奥州に向かっているとの報が京に届いたのは、昨年末であった。それはすなわち、京都守護たる能保の勤めが減ったことを示すはずだが、この家の主は相変わらず、めったに屋敷に戻らない。またさくりがこみ上げてきたのか、有子の肩が大きく跳ねた。

「まったく背の君と来たら、元子の出仕についてはすべてわたくしに任せきりなのですから……わたくしが北小路《きたこうじ》の女子のことに気づいておらぬとお思いなのでしょうか」

ひくっとまたさくりを発してから、有子が太い息をつく。どうも聞いてはならぬ話が始まった様子であったが、だからといってここで座を退いては、聞き耳を立てていたと告白するに等しい。為久は深く面伏せ、意味もなく筆を握りしめた。

「気に病まれる必要はございますまい。あちらは所詮、昇殿も叶わぬ囚獄司《しゅうごくし》の下官の娘。今は物珍しさにご寵愛召されているだけで、日が過ぎればすぐに飽きてしまわれましょう」

「わたくしとて元は、賊と呼ばれた前左馬頭の娘……ですよ。兄君が平家を滅ぼしさえせずば、世人から後ろ指さされる……日陰の身でありました。もしあのままでいられれば、当然、わが君とて他所《よそ》に女子を拵《こしら》えるだけの蓄えとて……なく、ただ宮城にて日々の務めを果たすのに懸命でいらしたでしょうに」

有子は哀し気に目を伏せた。だがすぐに、為久が間近にいることすら忘れた様子で、口調を厳しくして基清の名を呼んだ。

「そういえば先日、兄君の文がわが君のもとに届いておりましたね。もしやまた、亀鶴丸《かめつるまる》どのの行く末についてのご相談では」

「それは――」

基清が言葉を濁す。すると有子はしきりにさくりを漏らしながらも、「答えなさい」と声を尖らせた。

「北ノ御方に疎まれ、鎌倉に住むことすら叶わぬ大進局と亀鶴ぎみを、兄君が案じられるのは……当然のこと。それをまあ、常日頃は兄君のお言葉にはことごとく従う癖に、ことこの件に関して……は政子さまの顔色をうかがって知らぬ顔をするのですから情けない」

大進局の名には、聞き覚えがある。確か勝長寿院落慶の日、政子が口にしていた女の名である。だとすれば亀鶴丸とはすなわち、頼朝が彼女に産ませた子に違いない。

政子のあの気性を見る限り、他の女子が男児を産んで、平静でいられるわけがない。つまり頼朝は政子を憚《はばか》って母子を鎌倉から遠ざけた上、更にその処遇について能保に相談をかけていると見える。

諸国の郡司や在庁官人など、身分ある者が親類縁者の伝手《つて》を頼りに、子弟を都に寄越《よこ》すことは珍しくない。頼朝はそんな例にならって、能保のもとに亀鶴丸を託そうとしているのだろうが、当の能保が将来の迷惑を恐れ、その頼みに言を左右にしている様子であった。

「いいですか、基清。次に兄者が亀鶴丸どのを都にやりたいと仰せられたなら……今度はわたくしがお子を引き受けます。わが君が異を唱えられようが、決して……退きはしませんから、そのつもりでいてくださいい。そこに……いる画師どのが請人《うけにん》（証人）ですよ」

いきなり水を向けられ、為久はがばと顔を上げた。その途端、苦々しく唇を引き結んだ基清の四角い面が視界いっぱいに飛び込んできて、為久は思わず筆を握りしめたまま、ひと膝後じさった。

そのかたわらの有子が静かにこちらを見つめ、「いいですね」と更に念を押した。

「そもそも画師どのと最初に出会ったのは、父君の菩提を弔う御寺の落慶の折。今から思えば、それもきっと……何かの縁でしょう。くれぐれもよろしく頼みますよ」

はあ、と応じたものの、血縁たる有子やその乳兄妹の基清ならばいざ知らず、為久の如き一介の画師があの政子の恨みを買えば、どんな目に遭わされるか知れたものではない。なまじ修繕の手を抜いた後ろめたさがあるだけに、為久が救いを求める思いで基清を見つめた、その時である。

広縁に軽い足音が起こり、「失礼いたします」という押し殺した女の声がそれに続いた。

「詫磨為久さまは、こちらでございますか。八条のご自邸からお使いがお越しです」

地獄に仏とはこのことである。すがりつく思いで板戸に駆け寄った為久はしかし、続いて聞こえてきた言葉に息を呑んだ。

「お父君が庭先で昏倒《こんとう》なさり、息を引き取られたとか。急いでお戻りをと、お使いが仰せでございます」

ひくり、と一層大きなさくりが、雑舎に響く。瞬時にして血の気の引いた指先に、杉戸の冷ややかさがひどく沁《し》みた。

三

思えば有子の申し出に甘え、かれこれ一年近くも戻っていなかった生家である。為遠の葬儀に続き、七七日《なななぬか》の法会までを終えてから改めて家内を見回せば、庭には新たな堂舎が建てられ、見知らぬ男たちが忌明けを待っていたとばかり、慌ただしく出入りしている。

「わたしの弟子たちがうろつくだろうが、気にするな。おぬしが手伝ってくれぬとあれば、数を頼みに絵を描くしかないものでな」

為久が泡を食って一条の能保邸から戻ってきた日、勝賀は画室の真ん中に阿弥陀三尊像が描かれた巨大な下絵を広げたまま、細筆を手にまずそう言い放った。

長年勤めていた老僕はいつしか暇を取り、水仕女《みずしめ》から下僕まで、見知った顔は一つもない。その上、為遠すら失ったとあっては、八条の家は為久には他人の住処《すみか》も同様であった。

「――そんなに手が足りないのかよ」

もはや服喪の日々は終わったとばかりに働く弟子の多さに、為久は小用のために画室から出てきた勝賀を摑まえてそう問うた。すると勝賀は疲労に落ちくぼんだ目をしばたたき、ああ、と間髪を容れずに首肯した。

「足りぬな。神護寺に石山寺《いしやまでら》、それに東寺《とうじ》。あちこちの御寺からのご依頼の多さに、わたしですら、自分は今、なにを描いているのか分からなくなる折があるほどだ」

「……しかたないなあ。手伝ってやるよ。お屋敷を引き払ってくるから、少し待ってくれ」

為久がそう応じたのは、亀鶴丸の一件に関わることへの恐れゆえであった。

宮城では、父母を失った者は三年間、喪に服すべしと定められている。そのため、画師とはいえ憚りが――と伝えれば、有子とて無理やりこちらの屋敷に帰って来いとは言えぬはずである。

長らく家を空けていた弟の返答が意外だったと見え、勝賀は虚を突かれた面持ちで、「そうか」と呟いた。

「だが、それは助かる。他家で修業した者はどうも、筆に癖があってな。おぬしに手伝ってもらえるなら、わたしも気楽だ。ただ、藤原能保さまの北ノ御方の御用はいいのか。これまでにも幾度となく、ご使者が来ていた様子だが」

「あ、ああ。大丈夫だ。なかなか絵も仕上がらないのに、ずるずるとお屋敷に世話になりっぱなしにもなれないからな」

勝賀の言う通り、このひと月あまり、有子の許からは為遠の葬儀への弔使を始め、いつ一条邸に戻るのかとの使いが頻繁に訪れていた。とはいえあんな話を聞かされては、これ以上、雑舎での寝起きを続けられはしない。所詮、自分はただの画師。鎌倉の御曹司を巡る悶着《もんちゃく》はもちろん、さくりにしか託せぬ有子の気苦労なぞ、関わり合わぬ方が身のためである。一の姫に持たせる絵巻はもちろん、持仏堂の壁画とて、請け負う画師は京に幾人もいよう。

そうか、とうなずいて、勝賀が踵を返す。画室の板戸を開けようとしてふと手を止め、

「――つまり、また逃げるのか」と小声で呟いた。

え、と為久が振り返れば、すでに勝賀の薄い背は薄暗い画室に飲み込まれて見えない。だが聞き間違いかと首をひねった後、いざ手伝いを始めてみれば、兄の仕事ぶりはかつて以上に苛烈《かれつ》であった。

画室の板間には随所に多足机が置かれ、その中央で勝賀が筆を握りしめている。彼が下絵を仕上げるや、まだ十歳にもならぬ童《わらわ》がそれを引っ摑んで、周囲の弟子のもとに運ぶ。するとと彼らは机に広げた紙にその下絵を一分もゆるぎなく写し取り、どこにどの色を差す

かといった指示を、勝賀に乞《こ》うのであった。

「その阿弥陀如来像の螺髪《らはつ》は紺青、唇はわずかに墨を加えた朱。面上の金泥は艶《つや》を抑え、あくまで描線の邪魔をせぬようにするのだぞ」

口早に命じつつも、勝賀の筆はすでに次の下絵に取りかかっている。文字通りの八面六臂《はちめんろっぴ》の働きぶりに、為久は目を疑った。

恐る恐る弟子の列の隅に座してうかがえば、勝賀は下絵を描く際もほとんどあたりを取らず、まるで紙の上に描くべき線が見えているかのように筆を走らせている。己の画技に自信があるというより、そうでもせねば次々と押し寄せる仕事をこなせぬのであろう。

それが証拠に夜が更け、弟子たちがすべて帰宅しても、勝賀はたった一人で画室に残り、為遠や祖父が残した下絵や画帖をしげしげと眺めている。それらを頭の中で幾度となくなぞり、翌朝からの仕事の糧にしているのは明らかだった。

これまで為久は、兄は天賦《てんぷ》の才に恵まれているゆえに、何の苦もなく絵を描けるのだと思っていた。そんな己に恥じ入るとともに、勝賀ほどの精進はできぬ己への諦《あきら》めが、為久の胸をひたひたと洗った。

自分はすべてが半端なのだ。勝長寿院の壁画も完璧《かんぺき》には仕上げられず、鬼気迫る兄の仕事を間近にすれば、奮起よりも先に身がすくむ。

もしや自分は独り立ちした画師として働くより、このまま兄の手伝いをして生きていく方が性に合っているのではあるまいか。どう足掻《あが》いても埋められぬ兄との違いに、為久はそう思わずにはいられなかった。

半年、一年と日が経つ中で、有子からの使いはいつしか絶えた。奥州に落ち延びた義経は北上川《きたかみがわ》傍らの衣川館《ころもがわのたち》で討たれ、その首は酒に浸されて鎌倉の頼朝の許に送られたという。

そんな世情とは関わりなく、八条の家には次々と絵を求める権門富家の使いが訪れ、勝賀を取り巻く弟子の数は増える一方。いつしか為久はそんな門弟たちの束ね役として、八条の宅に欠かせぬ存在となっていた。

「鎌倉の源氏棟梁は間もなく、法皇さまの求めに応じて、上洛するそうな。平家との戦に続けて、弟君を討ち取られ、これでようやく天下に並ぶ者なきお人となられたことを、都の衆に告げ知らせるおつもりじゃろうなあ」

弟子たちが仕事の狭間《はざま》で交わす囁きも、もはや遠いものとしか思えない。このため、冬の訪れとともに頼朝が上洛し、弟子たちが入相《いりあい》の鐘が鳴るのを待たずに見物に出て行った折も、為久は黙々と仏画に彩色を施していた。

「そういえば、為久」

己の手許に目を落としたまま、珍しく勝賀が話しかけてくる。すでに西日の差し入る板間で筆を執る者は、兄と為久の二人きりしかおらず、置き去りにされた童たちが壁際の火《ひ》桶《おけ》で暖を取っている。

物見高いのは庶民ばかりではないと見え、大路の方角からは牛車の音がしきりに聞こえてくる。おおかた都に入る頼朝一行を見物しようという、公卿たちの車に違いない。

なにか、と応じた為久に、勝賀は相変わらずこちらを見ぬまま、「京都守護さまの北ノ御方が亡くなられたそうだな」と続けた。

「なんだって」

為久は顔を上げた。勝賀はそれにはお構いなしに、最近、急に近くなったという目を描きかけの画幅に寄せ、手元の硯の海に細筆を浸した。

「かれこれ半年にもなるらしい。知らなかったのか」

「あ、ああ。どうしてまた」

問い質《ただ》す舌がかつての父の如くもつれるのが、己でも分かった。

「四人目だか五人目だかの御子を孕まれたものの難産で、腹の御子ごと落命なされたそうだ。鎌倉の頼朝さまはひどく悲しまれ、それ、おぬしが絵を描いた勝長寿院で、追善供養を修されたそうだぞ」

今回のご上洛は妹君の墓参も兼ねておられるのだろう、という声は、もはや耳に届いていなかった。代わりに為久の脳裏を占めたのは、いつぞや目にした有子の大きな腹であり、雑舎でさくりを繰り返す硬い横顔であった。

産は女にとって、命がけの難事。もし、依頼された観世音菩薩図を自分が仕上げていたならば。有子は今回の産でもその画幅を産室に飾り、御仏の加護を得ることができたのではあるまいか。

（私が――私が中途半端に逃げたばっかりに）

そんな後悔が背筋を這《は》い上がり、立ち上がる足がもつれる。こちらには目もくれぬ勝賀の薄い背を見つめ、為久は机に手をついた。

「すまないが、急に気分が悪くなったようだ。今日は休ませてもらうぞ」

いよいよ頼朝の行列が近づいてきたのであろう。ああ、と短い勝賀の応《こた》えに、大路からのざわめきが重なる。踏みしめた床がぎいと鈍く鳴り、拍子外れのその音が、あのさくりを思い出させた。

顧みれば、為久は有子から特段の目をかけられていたわけではない。邸内の持仏堂の壁画制作を命じられていた以上、屋敷内に寄寓《きぐう》を許されるのは当然であるし、その間に特別な賜物を受けていたわけでもない。

それにもかかわらず、有子がこの世を去った事実に、為久は激しい動揺を覚えずにはいられなかった。頼朝の妹、京都守護の妻という、自ら選んだわけではない境涯を受け入れ、それでもなお胸のつかえを吐き出すように繰り返していたあのさくり。いまだ耳の底に残るその音が、何一つ己の儘《まま》にならなかった有子の溜息のようで、臥所で輾転反側《てんてんはんそく》する夜が続いた。

思い切って一条の屋敷を訪えば、基清は有子が没した直後に暇を取り、ただの検非違使蔵人《くろうど》に戻ったという。顔見知りのもののふたちは上洛中の頼朝の警備に駆り出されたらしく、広い屋敷には最近雇い入れられたと思しき随兵の姿しかなかった。

頼朝はひと月あまりの京都滞在の間に、砂金八百両、馬百頭にもおよぶ贈物を院に献上し、都人たちの度肝を抜いた。院から権大納言《ごんだいなごん》および右大将職に任ぜられながらもそれを恬淡《てんたん》として辞したこともあり、貴賤《きせん》を問わず、頼朝の評価は上々であった。

能保は有子を失ってもなお、頼朝縁者の地位を失わず、彼が鎌倉への帰路についた当日には正三位に、また年が明けた二月には検非違使別当に任ぜられた。

検非違使別当は本来、都の治安維持に当たる要職である。能保が京都守護と検非違使別当を兼ねた事実はすなわち、京内の軍事がすべて、間接的に頼朝に掌握されたことを意味していた。

いつしか有子の一の姫は太政大臣《だいじょう》・九条兼実《くじょうかねざね》の次男である良経《よしつね》に、二の姫は右大臣・藤原実宗《さねむね》の長男である左少将・公経《きんつね》にそれぞれ嫁いでいた。そのいずれもが、有子が頼朝の妹でなかったなら、到底果たせぬ縁談であることは疑うまでもない。

（あのお方は、幸せでいらしたのだろうか）

画室に戻り、再び筆を握りながらも、為久はそう自問せずにはいられなかった。自分は、有子の依頼を何一つ果たせなかった。そんな我が身がひどく情けなく、仕事の最中もただただ吐息ばかりついていた、その矢先である。

「ごめんあれ。検非違使蔵人、後藤基清と申す。詫磨為久どのをお借りしたい」

門の方角に突如響いた大声には、聞き覚えがある。立ち上がろうとする童を制して、為久は画室から転がり出た。

すでに暦は夏に至り、煎《い》り付ける陽射しが庭に降り注いでいる。それに顔をしかめる男に、為久は足をよろめかせて走り寄った。

「も、基清どの。よくお越しくださいました。北ノ御方さまのことはおうかがいいたしました。私は――私は何のお役にも立てぬままとなってしまい、恥じ入るばかりでございます」

約四年の無沙汰《ぶさた》の間に、基清の浅黒い顔には皺《しわ》が目立ち、くっきりと濃い隈《くま》が小さな目の下ににじんでいる。

深々と頭を下げた為久をじろりと見やり、「手を借りたい」と基清はひと息に告げた。

「かしこまりました。北ノ御方さまご供養のための仏画でございますか。それともすでに婿取りをなさった姫君方の御用でございますか」

もはや何を描いたとて、それが有子の目を慰めぬと分かっている。それでもあの北ノ方のためであれば何でもしようと勢い込んだ為久に、「観世音菩薩像を一幅」と基清は迷う様子もなく言った。

「肝心なのは、その面相だ。誰が見ても有子さまに似ているというわけではないが、夜、わずかな灯火の下でよくよく眺めれば、あのお方にそっくりだと気づく。そういった仏画を頼みたい」

「それはまた、厄介なお話でございますな」

仏画は描く仏によって、持たせるべき持物、着せるべき衣が決まっている。そこに有子の面相を加えるだけでも苦労するのに、昼夜で見え方が違う絵なぞ描けるものか。

「否とは言わせぬ。何としてもそんな絵が入り用なのだ」

「――為久、お客人にお入りいただけ」

思いがけぬ声に振り返れば、勝賀が静かな眼差しで為久と基清を見比べている。ここまでのやりとりをすでに聞いていたらしく、「ご依頼の旨、承知しました」と続けた。

「その仏画、弟に成り代わって、わたしがお請けしましょう。されど何故かような絵がご入り用か、お聞かせいただきたく存じます」

さあどうぞ、と基清を母屋に促す勝賀に、為久はあわてて走り寄った。

「おい待て、兄者。安請け合いをするな。いかに兄者の腕が立つとて、一枚の絵に二つの顔が見える絵なぞ描ける道理がなかろう」

「案ずるな。その気になれば、できぬ話ではない。ただわたしは北ノ御方の面相を存じ上げぬゆえ、おぬしに教えてもらわねばならぬがな」

基清はしばらくの間、暗い眼で兄弟を凝視していた。だがやがて、「誰が描こうが、それがしは構わぬ」と太い息を吐いた。

「肝要なのはただ一つ、その絵で能保さまを脅し付けられるかどうかだ。それさえ叶い、有子さまのご宿願が果たせるのであれば、それがしはどちらでもよい」

「脅し付ける、でございますと――」

呆気《あつけ》に取られた為久にはお構いなしに、勝賀がなるほどと首肯する。古びた水干の袖を揺らし、人気のない母屋を指さした。

「いずれにしましたとて、この詫磨の画師にできぬことはありませぬ。では早速、下絵のご相談をさせていただきましょう」

おお、とうなずいた基清が、大股に母屋へと向かう。墨を流したかのように黒い影が、その足元に蟠《わだかま》っていた。

四

しとしとと降る五月雨《さみだれ》が、西山《にしやま》の稜線《りようせん》に蟠る残照を霞《かす》ませている。笠《かさ》を目深にかぶり、一条大路の辻の石に腰を下ろしていた為久は、南の方角から近づいてくる基清の巨軀に気付いて立ち上がった。

「ご一行は先ほど、三条大路《さんじょう》を過ぎられた。間もなくお着きになられるぞ」

言うが早いか身を翻す基清の袖を摑めば、蓑《みの》も笠も着さぬその袖はぐっしょりと濡《ぬ》れそぼっている。腰の大刀から滴る雨滴が、その足元に早くも水たまりを拵えていた。

「わ、私はご一緒に一条のお屋敷に向かう必要はないだろう。頼むからここで帰らせてくれ」

「ならぬ。先ほども申しただろう。鎌倉の北ノ御方の手の者が、亀鶴丸さまを狙っておるやもしれぬのだ。もう少し、見張りをしておれ」

そんな、と呻《うめ》く為久には目もくれず、基清が南に向かって走り出す。

この雨にもかかわらず基清が一切の雨具を着けぬのは、亀鶴丸の命を狙う者にいつ打ちかかられても、太刀打ちができるようにである。

寒気が為久の爪先から背中へと這い上がってきたのは、降りしきる雨だけが原因ではない。小さく鳴る奥歯を必死で嚙みしめ、為久は雨靄《あまもや》に煙る大路を凝視した。

（まったく、なんでこんなことに——）

基清から依頼された観世音菩薩像が完成したのは、三月前であった。

勝賀が為久に手伝わせて仕上げたその画幅は、周囲が明るい日中はただの菩薩としか見えない。しかしその顔面には、雲母《うんも》を混ぜた胡粉《ごふん》で有子を思わせる下膨れの顔が重ね描きされており、灯《あか》りが少ない夜に見れば、その輪郭が淡く浮かび上がる。

正直なところ、ぼんやりと見ているだけでは、その夜の面相はよく分からない。しかし一度、おやと眼を留めれば、画中の顔はいよいよ際立ち、もともとの観世音菩薩の面相とあいまって、まるでこの世の者ならざる誰かが仏画に宿ったかのように映る。

わざわざ夕刻を待って八条の家に招き、完成した仏画を披露した勝賀に、基清は四角い顎を満足げに引いた。薄闇にぼんやりと浮かび上がるほの白い顔を指し、「有子さまによう似ておる」と呟いた。

「これは兄ではなく、為久、おぬしが手がけたな。お目にかかったことがある者でなければ、こうは描けまい」

「は、はい。さようでございます」

「よし、ならば明日、おぬしも共に来い。能保さまにこの絵を献上するのだ」

そう誘われて、懐かしい一条の屋敷の門をくぐれば、かつてあれほどの喧騒に満ちていた邸内はがらんとして、もののふや馬の姿も見当たらない。

意外な思いで四囲を見回す為久に、基清はほの暗い笑みを浮かべた。

「実はな。先だって能保さまは叡山《えいざん》が起こした強訴《ごうそ》を鎮圧せんとして、ひどい失態を犯されたのだ。動かさずともよい場所にもののふを遣わしたばかりか、御所に乱入する大衆《だいしゅ》（叡山僧）を制止できず、叡山の神輿《しんよ》を二日も御所の庭に置き去りにさせてしまってな」

強訴とは比叡山延暦寺《ひえいざんえんりやくじ》や南都諸寺の僧が徒党を組み、神仏の威光を盾に、朝廷や公卿に要求を突きつける行為。ただ正直、都の者からすれば、強訴なぞあまりに日常的な騒ぎすぎて、いちいちそれらを覚えてなぞいない。

基清によれば、問題の強訴は半年前、叡山に対して無礼を働いた近江《おうみ》守護の処分を求めて、神輿を担いだ大衆三百余名が御所に押し寄せたものという。その際、能保はどういうわけか、叡山は自分を人質に取ろうとしていると思い込み、御所ではなく自邸の周囲にもののふを配備。自身は物忌みと言い立てて屋敷から出ず、結果、御所に大衆が打ち入り、その庭に神輿を据えて立ち去る騒ぎとなった。

「頼朝さまもこれにはひどくお怒りになってな。この家に預けていらしたもののふを引き揚げさせると共に、能保さまに謹慎を命じられたのだ」

つまり、と続けながら、基清は慣れた足取りで北ノ対へと向かった。

かつて有子とその娘たちが遊んだ庭はがらんとして、簀子にも広縁にも人気はない。感情の読めぬ目でそれを一瞥し、「能保さまのお心を転じさせるには、今が何よりの好機だ」と続けた。

「好機とはいったい」

問い返した為久にはお構いなしに家司《けいし》を呼び、小脇の画幅を手渡す。間違いなく能保に渡してくれるように頼むと、もう一度、静まり返った庭を見回して屋敷を辞した。

大路を三条辺りまで下り、もはや振り返っても能保邸が見えなくなってから、「おぬし、有子さまが亀鶴丸さまの御身を気にかけていらしたことを覚えているだろう」とぽつりと呟いた。

「有子さまはな。顔も見たことのない甥君《おいぎみ》の身を、長らく案じていらした。されど能保さまは政子さまのお怒りを買うのではないかと怯え、幾度、頼朝さまから相談があっても、知らぬ顔を決め込んでいらしたのだ」

為久は頭一つ背の高い基清の顔を、ぎょっと仰いだ。そんな為久を無視して大路の果てをまっすぐに見つめたまま、「頼朝さまのお怒りを買った今、能保さまはいかにして汚名をすすごうかと考えを巡らせておられよう」と、基清は語を継いだ。

「そんなところにあの観音像をご覧になり、有子さまの面影を見付けられればどうだ。能保さまは、長らく撥《は》ねのけていた亀鶴丸さまの一件を思い出され、有子さまのかねての願いならばとその身元をお引き受けになるのではないか。今、頼朝さまの歓心を買うには、それが何よりの手立てだからな」

「さようにうまくゆきますでしょうか」

恐る恐る問うた為久に、基清は間髪を容れず、「いくさ。いかぬわけがない」と応じた。

「それがしはな。有子さまのことを誰よりもよく存じておる。そして有子さまの目を通じて見た能保さまの様々を、嫌というほどうかがっておる」

普段はしきりにきょろつく基清の目は、大路の一点にひたと据えられている。有子さまは、と基清は吐息に紛れそうなほど微《かす》かな声で続けた。

「ご存命であれば、必ずや背の君に亀鶴丸さまのお世話をと薦められたであろうよ。つまりそれがしは今、有子さまに成り代わっておるだけだ」

観音図を見た能保がなにを思ったのか、それは為久には分からない。ただ確実なことはそれからひと月後、突如、基清が一条の邸宅に呼びつけられ、亀鶴丸を迎え入れると告げられた事実だけであった。

とはいえ、亀鶴丸の上洛は同時にその遁世《とんせい》をも意味しており、七歳の彼は一旦、能保邸に入った後、御室《おむろ》御所とも別称される門跡寺院・仁和寺《にんなじ》に移り、法眼・隆暁《りゅうぎょう》の弟子になるという。

隆暁は藤原氏の出身で、能保ともゆかりが深い高僧。遠い京都に来たとしても、政子の憎しみを一身に浴びる亀鶴丸が、俗世で無事で過ごせるかどうかは分からない。それならばいっそ、朝廷とも関わりの深い大寺に入れ、一生を安寧に送らせようとは、誰の目にももっとも確実な策であった。

――雨はますます激しさを増し、大路の果てはおろか、道の左右にそびえるはずの築地《ついじ》塀すら霞ませている。常であれば一日の勤めを終えた人々が帰路につき、往来がもっとも賑《にぎ》わう時刻であるが、朝からの土砂降りとあって、早々に家に引き揚げた者も多いのに違いない。

基清によれば、亀鶴丸の上洛に当たっては、鎌倉で近習《きんじゅ》や乳母が募られた。だがそれに応じる者は一人とておらず、結局頼朝が己の随兵侍女を割き、かろうじて一行が整ったという。

「つまりはそれだけ皆、政子さまの顔色をうかがっているというわけだ。まあ、なにせお生まれになってからこの方、一度として鎌倉の地を踏むことを許されなかったお子だからな。頼朝さまの目の行き届かぬ坂東《ばんどう》を離れればなおのこと、道中、いったい何が起きたとしても、不思議ではない」

今朝、八条の宅で大小の目釘《めくぎ》を確かめながら、基清はそんな物騒なことを呟いていた。

政子は六年前に二の姫を産み、現在も四人目の子を身ごもっているという。愛妾を次々と退け、頼朝の北ノ方としてゆるぎない地位にある政子からすれば、なるほど亀鶴丸は唯一と言ってもよい目の上のたんこぶである。

それだけに基清は亀鶴丸が仁和寺に入るまでは、決して油断はできぬと考えているらしい。為久を呼び出し、能保邸近辺の見張りを命じたのも、有子に代わってその身辺を守らねばと思えばこそに違いない。

(とはいえ、なあ)

確かに有子には、幾度となく目通りを許された。観音像を通じて、基清の片棒を担ぎもした。ただ、だからといって身の危険を冒してまで、亀鶴丸を助けねばならぬ義理はない。

南の方角に目を凝らしても、一行の姿はまだ見当たらない。幾ら大雨の最中とはいえ、ここは京で一、二を争う繁華な大路。仮に亀鶴丸に危害を加えんとする輩がいれば、ここまでの道中に目的を果たしているはずではないか。

「そうだ。そうに決まっているぞ」

為久は冷えた身体を励ますように足踏みをした。

一行が京に入ってからは、基清も警固に加わっている。ならば自分までが馬鹿正直にここで見張りに立つ必要はあるまい。そう自分に言い聞かせて、手近な路地に向かって駆け出そうとした刹那、

(――また逃げるのか)

という勝賀の声が、耳の底にしんと蘇る。為久は背中を見えぬ手で叩かれた気分で立ちすくんだ。

勝賀は今朝も早くから画室に籠り、基清と出て行く為久にも言葉一つかけなかった。だが為久は知っている。あの兄は日々、逃げられぬ画師の務めに立ち向かい、鱗《うろこ》を失ってもなお早瀬を上る魚の如く、身を削って筆を握りしめているのだ。

ならば、自分はどうなのだ。勝長寿院の壁画を等閑《なおざり》にし、有子の依頼を一つたりとも受けぬまま、八条の家に逃げ帰った自分は。

立ちすくむ視界の果てに、妙に黒々とした影がにじんだ。かと思えばそれは見る見る大きくなり、やがて狩衣姿の少年を囲んだ七、八人の一行へと変わった。

彼らの背後に従っていた基清が、泥濘《ぬかるみ》を蹴散《けち》らして駆け出す。一行を追い抜き、為久の目の前を走り抜け、そのままの勢いで一条の屋敷へと飛び込んだ。

「坂東よりお客人がお着きだ。能保さまにお知らせェッ」

激しい雨音に霞む基清の声を聞きながら、為久は辻を過ぎる一行に目を据えた。

長旅に加えて、この大雨。少年の手を引く壺装束《つぼそうぞく》の女はもちろん、その前後を固める胴丸姿のもののふたちの面上にも、疲労の色が濃い。だがそんな彼らに囲まれた少年は、総髪の前髪からぼたぼたと雨粒を滴らせながらも、青ざめた頰をきっと硬くして、まっすぐに正面を見つめている。

もし有子が存命であれば、少年の訪れを今か今かと待ち侘《わ》び、濡れたその身体を己の袖で拭ってやったに違いない。片開きにされた門に入ってゆく一行を眺めながら、為久がそんなことを考えた時である。

大路の南の方角にまた、人影が立った。雨に霞んでその姿はよく見えない。だがそのまま北に歩んでくるかと見えた彼は、なぜか能保邸の門を遠望したまま、大路の真ん中にたたずんでいる。

「あれは――」

耳元で低い声が響いたと思う間もあらばこそ、基清が飛沫《しぶき》を立てて走り出す。その姿に気付いてあわてて踵を返した人影に飛びつくや、あっという間にその身体を地面に組み伏せた。

「は、放せッ。なにをするッ」

「鳥羽《とば》界隈《かいわい》より、見え隠れにご一行を追っておったろう。亀鶴丸さまを害さんとする北ノ御方さまの手の者かッ」

恐怖も忘れて駆け寄れば、基清に組み伏せられた男は五十がらみ。粗末な麻の狩衣の足に脛巾《はばき》を巻き、背中に荷をくくり付けている。日焼けした面相を見るまでもなく、長旅の途中であることは疑いようがなかった。

「愚かを抜かせッ。あの若君を害するのであれば、道中に幾らでも機会はあったわいッ」

白髪交じりの頭を振って、男が叫ぶ。それでもなお腕を緩めぬ基清を仰ぎ、「わしはおぬしを存じているぞ」と男は声を筒抜かせた。

「おぬし、頼朝さまの妹御の乳兄妹であろう。わしは比企藤内朝宗《ひきとうないともむね》さまが家人、稲葉七郎《いなばしちろう》惟義《これよし》と申す。北ノ御方たる政子さまのご下命を受け、ここまで亀鶴丸さまご一行の御後を追ってきた者じゃ」

「なんだと。ではやはり、政子さまは亀鶴丸さまを害さんと――」

「違う、違う。反対じゃ。わしに与えられたご下命は、亀鶴丸さまを京まで無事にお送りせよというものじゃ。まったく、京武者は坂東者以上に気短でいかん」

いいから放せ、これでは話もできぬ、と惟義が足をばたつかせる。基清はまだ疑わし気な顔をしつつも、相手の背中にねじり上げていた腕をゆるめた。

「おお、痛や、痛や。かような大路で荒事とは、まったく手加減を知らぬ男じゃな」

大げさに両腕を振って、惟義は地面に座り込んだまま、基清を仰いだ。

「おぬしのことは、覚えておるよ。七年前、妹君ご一家が鎌倉に下られた折、供をしておったじゃろう。北ノ御方さまはな、あの折の妹君さまのことをその後も長く、哀れじゃ、哀れじゃと仰せられておった。されどおぬしのような家人がそばにおれば、少しはその御心も慰められるでしょう、ともな」

比企藤内朝宗は政子の弟・義時《よしとき》の北ノ方の父。自分はその縁もあって、亀鶴丸が生まれて以来、彼とその母の身辺を見守るよう、政子から命じられていた――と惟義は語った。

「わしは男ゆえ、かえってよう分かる。女子とはどんな宿命に襲われたとて、逃げることも戦うことも許されず、ただ迫り来る困難に向かい合うことしかできぬものじゃ」

政子さまは、とぽつりと声を落とし、惟義はすでに固く閉ざされた能保邸の門に目をやった。

「もう何年も昔から、頼朝さまに怒っておられるのじゃよ。あのお方は源氏の棟梁。かようなお人に関わった女子は、当人が望もうが望むまいが、必ず政に巻き込まれる。政子さ

ま は幸い、降りかかる困難と戦い、見事、頼朝さまの北ノ方とおなりあそばされた。されど並みの女子は、まずかような逞しさは持ち合わせておらぬでなあ」

妹君がその例じゃ、と続ける惟義の口調は、どこか寂しげであった。

「政子さまは、せめてそんな辛《つら》い目に遭う女子が減るようにと思うておられるのに、頼朝さまは知らぬ顔。挙句、様々な女子と通じ、亀鶴丸さまというお子まで産ませてしまわれた」

もののふの世はとかく諍いが多い。ましてやまだ武家の棟梁となって日が浅い頼朝の庶子ともなれば、誰がいつ亀鶴丸を担ぎ出し、鎌倉に弓引くやもしれない。

「政子さまはお子の無事を強く願っておられた。亀鶴丸さまを鎌倉から出し、深沢《ふかさわ》の地に住まわせられたのもそのためじゃ。もっとも頼朝さまはもとより、鎌倉の衆はみな、そんな深謀遠慮があろうとは思うてはおられまいがな」

それだけに亀鶴丸の上洛・出家が決まると、政子はこれで少年の身は安泰だと喜び、惟義に道中の警固を命じた。それもこれもすべては、嫉妬《しっと》ではない。弱き者が憂き目を見るこの世の辛さを知っていればこそなのだ、とつけ加え、惟義は再度、基清を上目でうかがった。

「信じるか信じぬかは、おぬし次第じゃ。されど有子さまの身辺に侍《はべ》り、そのお辛さを間近にしておったおぬしであれば、政子さまがかようにお考えになる道理は斟酌《しんしゃく》できよう。

あのさくりの姫君と政子さまは、ある意味では似た者同士でおられたのよ」

「――さくりの姫、か。懐かしい御名を聞くものだ」

基清は惟義の腕を摑んで立ち上がらせた。全身から水を滴らせる老体を疎まし気に一瞥し、「有子さまはあくまで有子さまだ。政子さまと似たところなぞあるものか」と低く吐き捨てた。

「ただそれでも、義姉君《あねぎみ》たる政子さまがかようにお考えくださっていたとお知りになれば、有子さまはさぞお喜びになっただろう。もはやお耳に入れられぬのが残念だ」

惟義にくるりと背を向けて、基清が歩き出す。雨に霞むその厚い背が、細かく揺れているかに映ったのは、決して為久の見間違いではあるまい。

有子は乳兄妹のこんな背を見たことがあったであろうか。政子の激しい気性の底に潜む悲しさを知っていたであろうか。もしそのいずれかに気づいていたならば、有子はさくりの姫なぞと呼ばれずともよかったのかもしれない。だが、それはもはや、考えたとて詮無き話である。

「基清――」

雨音に負けまいと張り上げた声に、基清の歩みが止まる。

「おぬし、これからどうするのだ」

さてなあ、と応じる声は背中越しのままで、ひどくくぐもっている。まるでさくりを漏らす如くその肩が揺れ、一瞬、言葉が途切れた。

「特に決めてはおらん」

「そ、それなら。有子さまの心懸かりはこれでなくなったわけだから、都に留まる必要もないんだろう。おぬし、私と一緒に、鎌倉に行かないか」

応えはない。だからこそ、為久はますます声を張り上げた。

「おぬしは北ノ御方に御礼を申し上げ、有子さまの思い出話でもすればいい。私は……その間に、勝長寿院の壁画をちょっと手直ししよう」

あの冬の日、鉦の音に追われるままに中途となった来迎図。もはや有子の目には届かぬと分かっていればこそ、あの仏画をそのままにしておくわけにはいかない。

女子とは決して逃げられぬもの。ならばあるいは戦い、あるいはさくりとともにその境涯を受け入れた女たちを知った今、為久一人が逃げ続けてなるものか。

「一緒に来てくれよ。悪い話じゃないだろう」

「——確かにな。考えておこう」

また雨が強くなり、基清の背が白く霞む。為久の目にはそれがあの日、谷戸の寺を彩った散華の名残であるかのように映った。

紅牡丹

春日山《かすがやま》の麓《ふもと》にそびえる東大寺《とうだいじ》大仏殿の瓦《かわら》が、冬日に鈍く光っている。強い北風が雲を吹き散らした空は白々と高く、その高みで弧を描く鳶《とび》までが、吹き荒《すさ》ぶ風に翼を休めそこなっているかのようであった。

「お苗《なえ》さま、見えて参りました。あれが今日からお住まいになる、多聞山城《たもんやまじょう》でございます」

板輿《いたごし》の揺れに身を任せて空を眺めていた苗は、輿の外からの乳母の根津《ねづ》の低い呼びかけに身を起こした。だが簾《すだれ》をかき上げて板輿の行く手に目を凝らしても、南都の町並みの向こうにそびえるのは土の色を剝《む》き出しにした小山ばかり。城と言えば必ず巡らされているはずの土塀《どべい》も甍《いらか》を光らせる曲輪《くるわ》も、皆目見えはしない。

「城なんてないじゃない。あれは禿山《はげやま》だわ」

輿の窓から顔を突き出し、九歳の幼さをにじませて頰を膨らませた苗に、根津は首を横に振った。普段、優し気な笑みを絶やさぬその顔は強張《こわば》り、寒風のせいではないと分かるほど血の気がなかった。

「あの山こそが松永霜台《まつながそうたい》（弾正《だんじょう》）どのの城。禿山と映るのは、まだ作事が半ばのせいでございます。根津は半月前、お苗さまの今後のお暮らしについて計らうため、あそこを訪れましたので間違いありません」

多聞山城です、と繰り返す根津の眼に機嫌をうかがう色がよぎったのは、生まれて初めて父母の元を離れた苗が、荒けない山城の生活に駄々をこねるのではと考えたためらしい。いや、根津だけではない。輿を担ぐ下男やその背後に従う守役《もりやく》の田代喜兵衛《たしろきへえ》も、苗の一挙手一投足に固唾《かたず》を呑《の》んでいる。

違うと繰り返したい気持ちを、苗は無理やり飲み込んだ。それと入れ替わりに胸にこみ上げてきたのは、生まれ育った十市平《とおちだいら》城の賑《にぎ》わいであり、自分を瞬きもせずに見据える父・十市《とおち》遠勝《とおかつ》の痩《や》せこけた顔であった。

繁華な町筋が館《やかた》の四方を囲み、東に三輪山《みわやま》、西に生駒《いこま》の山並みを望む十市平城が、三好《みよし》長慶《ながよし》の重臣・松永弾正久秀《ひさひで》率いる軍勢に取り囲まれたのは半年前、永禄《えいろく》四年（一五六一）の夏であった。

十市氏は筒井《つつい》氏、越智《おち》氏と肩を並べる古くからの大和国国人《やまとのくにこくじん》である。とはいえ筒井氏の領する国中《くになか》城を始めとする一帯の諸城を破竹の勢いで攻め落とし、瞬く間に大和一国を掌中にした久秀の勢いの前には、なす術《すべ》もない。一度は多武峯《とうのみね》に立てこもって反撃の機会をうかがったものの抗しきれず、一人娘の苗を人質として差し出すことを条件に、久秀と和《わ》睦《ぼく》を結んだのであった。

「霜台どのはこの春から、南都の北に新たな城を築き始めていらしてな。そこにはおぬしぐらいの年頃の子どもが、幾人も暮らしておるそうだ。それゆえ、苗も決して寂《さみ》しくはなかろうて」

大和国は守護職の任に当たる南都の大寺・興福寺《こうふくじ》のもと、筒井、越智、箸尾《はしお》、布施《ふせ》、十市といった国人衆が長年、離合集散を繰り返してきた地である。畿内《きない》の統治者たる三好《みよし》氏の権力が背景にあるとはいえ、乱立する国人衆を圧倒的な兵力を用いて制圧した松永久秀がどれほど恐ろしい男であるかは、苗の如き女児にもよく分かる。

弱き者が虐げられ、強き者がはびこるのは世の習い。十市氏に先駆けて久秀に屈した大和国人衆も、子女を人質として多聞山城に送ることで、束の間の平穏を保っているのであろう。

ここで自分が否を言えば、身体が弱く、気性もおとなしい父の立つ瀬は失《う》せる。そう気づいてしまうと、苗は声を詰まらせる父に、ただうなずくしかなかった。十市平城に戻ることを許された父母とともに、慣れ親しんだ館に別れを告げ、今朝早く、十市を発《た》ったのであった。

大小の商家が立ち並ぶ奈良の町を抜け、佐保川《さおがわ》のほとりに至れば、行く手にそびえ立つ多聞山城の異様さはますます際立った。なにせ山裾《やますそ》に濠《ほり》が穿《うが》たれ、頂上近くに二、三棟の小屋こそ見えるものの、山の木々は大半が伐採され、剝き出しの山肌に無数の人足が取り付いている。

いや、山肌ばかりではない。山裾にはいたるところに資材が積み上げられ、裸木を積み上げた木檑《きぞり》や畚《もっこ》を担った男たちが忙しく行き交っている。立ち退きを命じられた寺であろうか、二層造りの山門の屋根に人足たちがよじ登り、軒から外した瓦を地上の仲間に投げ渡している。その奥に建つ伽藍《がらん》はすでに屋根の垂木が露《あら》わとなり、人足が大槌《おおづち》で土壁を崩し、剝き出しの柱に縄をかけて引き倒そうとしていた。

冷たいばかりだった風に土の臭いが混じり、輿の中まで砂が舞い込んでくる。「窓を閉ざされませ」という根津の勧めが、人足衆の喚《わめ》き声と作事の喧騒《けんそう》でほとんど聞こえない。苗は震える手を、膝《ひざ》の上で握りしめた。

多聞山城はまだ作事半ばと聞いていたが、山を削り、近隣の寺を今まさに破却しているところを見ると、完成までは相当の歳月がかかるのであろう。人質といっても、根津と田代喜兵衛の供も許され、衣食に困らぬ生活が安堵《あんど》されると聞いていたが、こんなけたたましい作事場のどこに自分の住処《すみか》があるのか。

庭の築地《ついじ》を隔てた向こうから、商家の賑やかな売り声が響いてきた十市平城が、急に懐かしくなってくる。

（だいたい、こんなところじゃ――）

心細さを堪《こら》えながら、苗は窓を細く開けた。根津が背負っている菰荷《こもに》に、潤みかけた目を凝らした。

身の廻《まわ》りの品々は、すべて唐櫃《からびつ》に納めて運んでいる中、たった一つ、乳母である根津が直々に運んでいるそれは、十市平城の庭から根扱《ねこ》ぎで運ばせてきた緋牡丹《ひぼたん》の株であった。

苗の城入りが決まった際、母のお駒《こま》が是非にと持たせたあの牡丹も、こんな荒々しい城では満足に花をつけないかもしれない。そう思うと胸が塞《ふさ》ぎ、佇立《ちょりつ》する小山がますます恐ろしくなってくる。

「おおい、どけ。お城に入られるお輿だぞ」

佐保川にかかる板橋を渡ると、輿を取り巻く喧騒はいっそう激しくなった。田代喜兵衛が走り出て輿の先払いを始めたが、立ち働く人足たちの耳にはその触れ声もろくに届いていないらしい。

うわんと鳴る鐘の中に放り込まれたが如く耳が塞がり、砂が口の中まで飛び込んでくる。さしたる高さもないはずの目の前の小山が、苗を一口に飲み込もうとする巨大な悪鬼羅刹《あっきらせつ》のごとく見えてきた。

「根津、お根津」

恐怖にたまりかねて乳母を呼んだその時、「やめてくれえッ」との絶叫が辺りにこだました。一行の行く手に小柄な老僧がもんどりうって転がり出、つんのめるように輿が止まった。

泥にまみれながら跳ね立つ僧侶《そうりょ》を、真っ黒に日焼けした人足たちが取り囲む。この野郎、と喚きながら、数人がかりで細い老僧の体を突き飛ばした。

「また邪魔をしやがってッ。いったいどこから入って来やがるんだ」

僧侶はぬかるんだ地面に這《は》いつくばり、目を血走らせた人足衆を見据えた。

「頼む。どうかやめてくれッ。この眉間寺《みけんじ》は聖武感応天皇《しょうむかんのうてんのう》さまと光明皇后《こうみょうこうごう》さまの御霊《ごりょう》をお慰めする陵前寺《りょうぜんじ》。おぬしらはお二方の御陵《ごりょう》を取り崩すだけでは飽き足らず、かような古刹《こさつ》の伽藍《がらん》まで壊すというか」

「うるさいなあ。弾正さまはその代わり、聖武天皇さまのご陵内に新しい寺をお建てくださっただろう。その上、なにを文句を言うことがある」

人足頭と思《おぼ》しき半白の男が、筒袖《つつそで》の肘《ひじ》をがしがしと掻《か》きながら顔をしかめる。今しも取り崩されようとしている背後の伽藍を一瞥《いちべつ》し、「こんな古めかしい寺と新たな堂宇《どうう》が引き換えになるのだ。むしろ、喜ぶべきじゃないか」と吐き捨てた。

「馬鹿ぬかせッ。ご本尊のみ、筵《むしろ》にくるんで運び出させたものの、七仏薬師《しちぶつやくし》を鋳奉った光背《こうはい》も須弥壇《しゅみだん》も持ち出させなかったのは、どこのどいつだッ。金銅の盤に錦《にしき》の華鬘《けまん》、極楽の様を描いた三面の壁画……飾り金具や瓦以外にもあの伽藍には山と重宝があるのに、それを伽藍ごと壊させようとは」

「やめろ、勝源《しょうげん》。逆らうではないッ」

人足に摑《つか》みかかろうとする老僧に、どこからともなく駆けてきた数名の僧が組み付いた。なおも暴れる老僧を地面に引き倒して取り押さえ、人足頭に卑屈な態度で頭を下げた。

「いやはや、申し訳ありませぬ。三綱《さんごう》合議の上、眉間寺はすべて霜台さまのお下知に従うと決めましたのに、こ奴ばかりが歯向かいまして。——おい、勝源。いい加減、得心しろ」

「いいえ、できませぬ。なぜ皆さま、こんな奴に頭を下げられますのじゃ。見てくだされ、これをッ。あの美々しき本堂を、こ奴らはかように無残に砕いておるのですぞ。それでもなお、下知に従うと仰せですかッ」

勝源と呼ばれた老僧が、何かを握りしめた片手を高く掲げる。土臭い作事場には不釣り合いなほど鮮やかな緋色が、苗の目を一瞬かすめた。

「うるさいなあ、さっさと連れてゆけ」

ふくよかな頰を苦々しげに歪《ゆが》めて、僧侶の一人が片手を振る。同輩たちが力ずくで勝源を連れ去るのを見送ってから、再度、人足頭に小腰を屈《かが》めた。

「眉間寺は寺を挙げて、霜台さまのお下知に従います。作事奉行さまにも何卒《なにとぞ》よろしくお伝えくだされ」

「当たり前だ。それにしてもあの勝源には困ったものだ。毎日押しかけて来て騒がれては、こっちも腕を頼みに追い払うしかないぞ」

「我らもお建てくださった仮金堂《こんどう》の掃除やら、持ち出した経典の整理やらを申し付け、なるべくあ奴を寺外にやらぬようにしておるのです。されどいつの間にかこっそり抜け出し、あの始末。今後は決して目を離さぬように致しますので、どうかご容赦くださいませ」

　ゆるゆると動き出した輿の中からうかがえば、人足頭たちの背後の伽藍は早くも二方の壁が取り崩され、もとは本尊が置かれていたと思しき須弥壇を中心に瓦礫《がれき》の山が築かれているのが見える。男たちが大槌を揮《ふる》うごとに残る壁に穴が空き、すでに瓦の取り外された屋根から木っ端が雨あられと降り注ぐ。吊《つ》るされたままの幡《ばん》がその礫《つぶて》を受け、身をよじるように揺れていた。

「根津、あのお寺は」

　窓に張りついて小声で問うた苗に、根津は素早く四囲をうかがった。辺りの人足たちがそれぞれの仕事に忙しく、作事場を過ぎる一行なぞ気にも留めていないと確かめてから、

「眉間寺と申す古刹《こさつ》でございますよ」と小声で応じた。

「もともとこの御山は、左が東大寺をご建立なさった聖武天皇さま、右がそのお妃《きさき》でいらした光明皇后さまの陵だったのです。ですがご覧の通り、この地は南に佐保川、東に木津《きづ》や京に続く奈良坂《ならざか》を擁し、近くは南都の寺々、遠くは筒井や郡山《こおりやま》までを一望できる勝地。それゆえ霜台どのは新たなる城を建てるため、光明皇后さまのご陵墓とその東の小山を切

り崩されたのです」

「ご陵墓をですって」

大和一帯には歴代天皇の陵墓が数多く残されており、十市平城の近辺だけでも神武天皇《じんむてんのう》陵、綏靖《すいぜい》天皇陵といった古陵が緑の色濃き木々をこんもりと茂らせている。古《いにしえ》の帝《みかど》の眠る奥津城《おくつき》とあれば、取り立てて祭祀《さいし》までは行わないとしても、常に敬愛の念を以《もっ》て接するべき。そう信じ切ってきた苗にとって、陵墓の破壊は神仏の罰をも恐れぬ行為と聞こえた。

根津によれば、聖武天皇陵である佐保山南陵《さほのやまのみなみのみささぎ》は塚を覆う木々を伐採され、頂に物見《ものみ》櫓《やぐら》を建てられるだけで済んだが、光明皇后の眠る佐保山東陵《さほのやまのひがしのみささぎ》は頂上を切り崩され、東隣の山と一つなぎとされてしまった。併せて、天皇・皇后の菩提《ぼだい》を弔うべく陵の前に建てられていた眉間寺までもが南陵の中腹に強引に移動させられ、小山のぐるりは現在、多聞山城を支える臣下の屋敷町を作るべく、整備が進められているという。

「さすがの霜台さまも、ご自身の無理はよくご存じなのでしょう。眉間寺に金二十貫を与え、今後、城の仏事すべてはかの寺に委《ゆだ》ねると仰せられたそうです」

非難と恐怖がないまぜになった口調で根津が語る間にも、輿は小山の裾に巡らされた濠にかかる板橋を渡り始めている。雑兵が槍《やり》を手に目を光らせる大手門で来意を告げ、いざ多聞城内に踏み入れば、急峻《きゅうしゅん》な斜面にはろくな石段とてない。おかげで苗は輿舁《こしか》きが足をすべらせる都度、板壁に頭を打ち付ける羽目となったが、やがてたどり着いた山頂は平らに切り開かれ、意外にも木の香も清々《すがすが》しい平屋や瓦屋根の置かれた二層櫓が軒を連ねている。

それらが山裾から見えなかったのは、建物を覆い隠す勢いで働く人足衆と、あちこちで上がる土埃《つちぼこり》のせいらしい。導かれた曲輪《くるわ》の一角には庭が作られ、形の悪い築山《つきやま》やひょろりと痩せた松まで植えられていることに、苗はわずかな安堵を覚えた。

「さあ、どうぞこちらへ。皆さま、お待ちでございます」

案内の侍に促されて輿を降り、広縁に面して無数の板間が連なる長局《ながつぼね》へ踏み込む。根津たちと引き離されて導かれた先は、日当たりのよさげな南の一間であった。

「さあさあ、皆さま。十市のお子がお越しですぞ。仲良く暮らされませよ」

大声とともに侍が襖《ふすま》を開け放った先では、三人の少年がそれぞれ漆塗りの見台《けんだい》を前に膝を連ねていた。床の間を背に座っていた小直衣《このうし》姿の男が、「ほう、また新たな姫御前《ひめごぜ》でございますか」と笑って、円座《わろうだ》から滑り降りた。

「さよう。十市郷を領しておられる十市遠勝どのの娘御でござる。お苗どの、こちらはわが家の祐筆《ゆうひつ》の楠《くすのき》長諳《ちょうあん》どの。ここにおいでのお子がた同様、そなたさまに学問をお授けくださる師でございます」

「なあに、勤めの合間に皆さまのお相手を務めているだけのこと。師とお呼びいただくほどの学はありませぬ。それにしても新たなお子がおいでとなれば、みな、気もそぞろになりましょう。よし、今日はここまでにいたしますかな」

両膝をとんと突いて、長諳が立ち上がる。そのひょろりとした影が侍ともども広間を去るのを待たず、少年たちが苗を取り囲んだ。

いずれも簡素ではあるが、手入れの行き届いた身形《みなり》をしている。十二、三歳と思しき少年が戸惑う苗に向かい、「わたしは中坊藤松《なかのぼうふじまつ》と申す」と真っ先に名乗りを上げた。

「こちらは布施井久太《ふせいくた》どのに箸尾小五郎《はしおこごろう》どの。ともにお苗どのには、ご同輩だな」

布施と箸尾は十市同様、大和古来の国人。井久太と小五郎は苗とおっつかっつの年頃と見えるが、学問よりも武張ったことの方が得意と見えて、冬にもかかわらず、ともに前後が判じがたいほどに日焼けしていた。

「十市遠勝が娘、苗と申します。皆さま、どうぞよろしくお願いします」

「ちぇっ、女なんてつまらねえなあ」

舌打ちをした井久太の頭を、藤松がすぐさま、「なにを言うか」と拳《こぶし》で打った。

「だって、男なら相撲や弓の仲間になれるのに、女じゃなにもできねえじゃないか」

「男だろうが女だろうが、この多聞城にいる限りは等しく人質仲間だ。意地悪を言うな」

中坊氏は興福寺衆徒の家柄で、代々、興福寺領の奉行や関係社寺の検断に当たっている。有無を言わせぬ藤松の口調に、井久太はむっつりと唇を引き結んだ。

「この山里《やまざと》曲輪は丸々、我らの住まいになっている。困ったことがあれば私なり、長諳さまに言うといい。大抵のことはお許しいただけるはずだ」

にっこり笑う藤松は二年前から、また他の二人はこの春から久秀の人質になっているという。作事場のけたたましさが嘘のような曲輪の静けさに、苗は強張っていた肩の力を抜いたが、いざ多聞城での起き居が始まると、その日々は予想を裏切ってひどく平穏であった。

長諳は三日に一度の割合でやってきて、和漢の書物を講義してくれる。四人が暮らす曲輪の入り口には見張りが置かれているものの、前もって許しを得ておけば、作事場の見物に行くことすら不可能ではなかった。

多聞山城の主《あるじ》である松永久秀とは、三月、半年と日が過ぎても、一度も顔を合わせる機会がない。なにせ久秀はいまだに、大和国人きっての勢力を有する筒井氏と小競り合いを繰り返しており、席の暖まる暇《いとま》とてないのだろう。実際、苗が多聞城に入った直後には、総勢二百あまりの筒井軍が佐保川の南に押し寄せ、総門から打って出た松永勢と戦になりもした。

ただ、さすがは大和一国を掌中にした戦上手だけに、久秀は相次ぐ小競り合いにも一向に屈せず、さりとて多聞山城の作事を止めもしない。それだけに苗は日が経つにつれ、日夜鳴り響く槌音にも、突如、城内に轟《とどろ》く具足の音にも慣れていった。

長局の広縁から見おろせば、山裾には大小の大路が走り、作事が始まる前の有様などしのびようがない。整然と縄張りが巡らされた地所の中で、大小の家屋敷が春の筍《たけのこ》のように見る見る建ってゆく様は壮観で、時には藤松がかたわらから、「あの池が目立つ家は、霜台さまの股肱《ここう》の臣である海老名《えびな》石見守《いわみのかみ》さまのお屋敷。その隣は岡周防《おかすおう》どののお屋敷だ」と教えてくれるのも楽しかった。

曲輪の庭から東に目を転じれば、一度だけ、父母に伴われて参詣《さんけい》した東大寺の大伽藍が驚くほど間近に見える。甍を陽射しに光らせる大仏殿を眺めているだけで、頭を痛いほどに反らして仰いだ毘盧舎那《びるしゃな》大仏の威容が思い出された。

「来月にはお城の櫓が棟上げされ、奈良の町衆たちを祝いの宴《うたげ》に招くらしい。その夜は能や茶湯、神楽《かぐら》も催されると聞くから、お苗どのも楽しむといい」

布施や箸尾とは異なり、中坊家の主は興福寺。かねて南都の諸寺とは円満な関係を保っている久秀だけに、そんな中坊家には人一倍の配慮があるらしい。藤松は人質であるとともに、久秀の小姓として奥向きの用を務めてもおり、多聞山城のあれこれにも詳しい。新入りの苗を気遣い、不都合はないかと頻繁に問うてくれるのも藤松であった。

「それは賑やかになりますね」

井久太と小五郎は学問が苦手らしく、暇さえあれば二頭の子犬のように庭を走り回っている。ことに腕白な井久太には手ずから植えつけた牡丹を踏みつけられそうになったこともあるだけに、藤松の穏やかさはなおさら際立って感じられた。

「山上の作事も残りわずかだからな。山裾の屋敷は、出来上がるまでまだ日数がかかるだろうが」

暦はすでに盛夏を迎え、忙しく立ち働く人足たちの濃い影が、くっきりと目立つ。今後は城濠を更に深くして、西の聖武天皇御陵の中腹には櫓《やぐら》を、また平坦《へいたん》に削った光明皇后御陵の西には虎口《こぐち》を――と眼下を指しながら語る藤松に、苗はふとこの地にやって来た日のことを思い出した。「そういえば、眉間寺とかいうお寺は」と呟《つぶや》いた。

「ああ、あの御寺ならすでに本堂に多宝塔《たほうとう》、回廊と伽藍のすべてが整い、二か月ほど前に落慶法要が営まれたはずだ。お苗どのが眉間寺をご存じなら、長諳さまにお願いして、供養の席にお連れすればよかったな」

苗たちの曲輪は城の中でも東端に位置するため、ここからでは新しい眉間寺の様子は分からない。いえ、と首を振ってから、苗は庭でもっとも日当たりのいい一角で葉を茂らせる牡丹に目をやった。

水や肥の量も申し分ないはずなのに、十市の城から無理やり植え替えたのが悪かったのか、牡丹はこの夏、一つも花を咲かせなかった。疎ましいほどに葉を広げている点から推すに、多聞城の土が合わぬわけではなさそうである。懐かしい十市平城で目に痛いほど鮮やかに開いていた紅の花の記憶が、老僧が握りしめていた緋色の破片に重なった。

「この御城に来た日、御坊《ごぼう》が一人、作事の衆に食ってかかっているところを見かけました」

「ああ、勝源か」

苗が考えていた僧の名を、松藤はあっさり口にした。驚き顔になった苗に、「あの御坊には、霜台さまも長諳さまも手を焼いておられたのだ」と苦笑した。

「元はこの辺りをうろついていた乞食《こつじき》坊主だったのを、先代の眉間寺のご住持《じゆうじ》が哀れと思し召し、寺に入れてやったらしい。ただ、そのせいかいささか忠義が過ぎ、眉間寺の破却が決まった時には、城の総門の前に座り込み、突いても脅しても立ち去らなかったとか」

普段は寺の掃除に庭掃き、はては池の泥さらいなど、骨身を惜しまず働く実直な老僧なのだがな、と藤松は続けた。

「旧《きゆう》の伽藍が残らず破却された後は、さすがに諦《あきら》めもついたのだろう。最近は御陵の隅に畑を作り、新造成った本堂に供える花を自ら育てているとやら。もともと旧の眉間寺でも境内の隅に花畑を作り、訪れる者たちの目を楽しませていたらしい」

花をつけぬままの牡丹の株を、苗は再度見つめた。小袖の端を強く握りしめ、あの、と藤松に歩み寄った。

「実はわたくし、花守が欲しいと思っていたのです。それであれば、あの御坊に山里曲輪の庭の手入れを任せられぬでしょうか」

「あ奴にか」

藤松は鰓《えら》の張った顎《あご》に、ううむと片手を当てた。まだ前髪立ちとは思えぬほど、ひどく老成した仕草であった。

「あそこに植えております牡丹は、十市平城の母が持たせてくれた大切な品なのです。花が咲かぬだけであればまだしも、万一、枯れでもすれば、わたくし、どうすればいいのか分かりません」

困らせるつもりはなかったにもかかわらず、おのずと声が潤む。藤松はしばらくの間、細い目を宙に据えていたが、やがて、よし、と一つ首肯した。

「勝源が大それた真似を致すとは、城の者とて考えておるまい。長諳さまもお口添えくださろうし、早々に霜台さまにお願いしてやろう」

とはいえ城がいよいよ完成に近づきつつあることに加え、このところ筒井氏との戦がまたも激しさを増しているため、結局、山里曲輪に勝源が連れて来られたのは、その年の暮れ。ことごとく葉を落とした牡丹の株を、苗が根津とともに見様見真似で菰《こも》で覆ってやった直後となった。

山の頂に位置するだけに、多聞山城は秋から冬にかけてがもっとも風が強い。足軽に左右を挟まれ、布目が分かるほどに擦り切れた法衣《ほうえ》の裾をなびかせた勝源の姿は、いつかの荒々しさが嘘のように貧弱であった。

「なんだい、こいつは。薄汚い奴だなあ」

寒空にもかかわらず下帯一つになって小五郎と相撲を取っていた井久太が、見慣れぬ僧形に素《す》っ頓狂《とんきょう》な声を上げる。勝源の白い眉《まゆ》が不機嫌にしかめられたのを見て取り、苗は思わず広縁から階を駆け下りた。

「牡丹の花を咲かせるために、わたくしが招いた御坊《ごぼう》です。失礼を言わないでください」

「いつだったか、おいらが踏みつぶしかけたあれかい。ちぇ、形ばかり大きくて邪魔っけなあんなものの、いったいどこがいいんだい」

よせよ、と背後から腕を引く小五郎を振り払い、井久太が舌打ちをする。くりくりと丸いその目を、苗は負けじと睨《にら》みつけた。

「本当はあの枝には、あでやかな紅の花が咲くのです。あれほど美しい花を知らないなんて、井久太どのはお気の毒な御仁ですね」

「お苗さま、お慎みなされ」

一昨日《おととい》から風邪を引いて臥《ふ》せっている根津に代わって、田代喜兵衛が広縁から諫止《かんし》する。なんだよ、と毒づく井久太に背を向け、苗は勝源に小腰を屈めた。

「お運びくださり、ありがとうございます。早速でございますが、牡丹をご覧ください」

無言で一つうなずくと、勝源は藁囲《わらがこ》いを施された牡丹に歩み寄った。地面に膝をついて葉を落とした株を覗《のぞ》き込み、「これは見事な。さぞ大輪の花をつけるのでございましょう」と唇をあまり動かさずに言った。うっそりと暗く、どこか牛を思わせる物言いであった。

「ええ、本当はそのはずなのです。でも今年はたった一つとて、蕾《つぼみ》をつけなかったのです」

うな垂れた苗に、「一つも」と勝源は怪訝《けげん》そうに繰り返した。

「はて、根はよう張っておりますし、枝とて勢いよく茂っているかに見えますが。そうですか、一つも」

「わたくしと乳母の二人で丹精しておりますが、足りぬところがあるのかもしれません。時々、見に来てやってもらえませぬか」

承知いたしました、と額《ぬか》づいた勝源は、その日から十日に一度の割合で曲輪を訪れ、牡丹の藁囲いの修繕や寒肥《かんごえ》はもちろん、ようやく枝を茂らせ始めた松の木の手入れや、辺りの草引きなど、細々とした庭仕事に勤《いそ》しむようになった。

その働きぶりは甲斐甲斐《かいがい》しく、当初は疑わし気な顔を隠さなかった見張りの足軽までもが、すぐに勝源がどこにいても意に介さぬようになった。一方で乳母の根津は、「どこの馬の骨とも知れぬ者をお招きになるなぞ」と不平を漏らしたが、少なくとも牡丹の株に注がれる勝源の気遣いは、苗の目には何一つ嘘偽りがないように見えた。

勝源は何事につけてもそっけなく、苗が襷《たすき》を掛けて手伝いを申し出ても、恐縮する様子すら見せない。そのかたわらで井久太たちが賑やかに相撲を取っているだけに、彼の態度はかえって居心地よく、ほんの二月も経たぬうちに、苗は勝源がやってくると、朝から晩まで庭仕事を手伝うようになった。

「勝源さま、次の夏には牡丹は咲きましょうか」

「さて。花の考えることは人ごときには分かりませぬ。もっとも次の夏に咲かずば、その次の夏。それでも咲かずば、更に次の夏を待てばよろしかろう」

「そんなにかかるやもしれませぬか」

「どうなるかは、拙僧には分かりませぬ。ただ花は待ってやりさえすれば、いずれ必ず咲きまする。昔と変わらぬ姿を見せてくれるありがたさを思えば、どれだけの歳月が過ぎようとも、さして苦になりますまい」

　変わらぬ姿、との言葉が苗の胸を不思議に強く打った。

　苗が人質となったにもかかわらず、十市平城は結局松永軍に奪い取られ、父母を始めとする一族は現在、今井《いまい》に難を避けていると聞く。一方で多聞山城の裾野はすでに一面の町筋と変じ、最近では謡《うたい》や笛鼓《ふえつづみ》の音が山上まで漏れ聞こえてくる折も珍しくなかった。

　松永家を取り巻く詳細な情勢は山里曲輪までは聞こえて来ぬが、何百という雑兵足軽《ぞうひょうあしがる》が総門を打って出ることにも、野面の果てに黒煙が上がり、傷を負った軍勢がほうほうの体で戻って来ることにももはや慣れた。何もかもが日ごとに変わっていく。世間から隔絶された曲輪からも、それが嫌というほど分かるだけに、この牡丹がいつか十市平城にあった時と同じ姿を見せてくるのではと思うだけで、泣きたいほど嬉《うれ》しかった。

「もっとも、変わらぬはずのものがたやすく失われてしまう折も、世の中には多うございますがな」

「それは、眉間寺の旧の伽藍のことですか」

知っているのか、とばかり、勝源が片眉を撥《は》ね上げる。少し考えるようにうつむいてから、懐から薄汚れた麻布包みを取り出し、掌《てのひら》の上で布の結び目を解いた。

三寸四方ほどの白土の塊の一部に、緋色の花弁らしきものが描かれている。黒く揺るぎのない描線がそれを縁取り、土の白さとの対比が目に鮮やかであった。

これは、と目顔で問うた苗に、「壊された御堂《みどう》の壁には、それはそれは美しい極楽図が描かれておりましてなあ」と勝源は嘆息した。

「左の壁には、飛び交う迦陵頻伽《かりようびんが》と咲き乱れる草花。右の壁には鉢を捧《ささ》げ、楽を奏でる飛《ひ》天《てん》。ご本尊の背後には緑の色濃き野山が、はるばると描かれておりました。寺伝によれば、今から七百年も昔、清和《せいわ》天皇さまのご勅命で本堂が建て直された折、巨勢《こせ》金岡《かなおか》なる画人が一夜にして壁に描いた絵らしゅうございます」

巨勢金岡の名は、苗も絵草紙で目にしたことがある。彼が御所の襖に描いた馬がいなくなることが立て続いたため、勅命により、画中の馬に手綱とそれを結わえた木を描き加えさせたとの伝承を持つ、日ノ本屈指の画人であった。

寺院の壁画となれば、破片の花弁は蓮花《れんげ》であろうか。その深い緋の色に、苗は思わず溜《ため》息《いき》をついた。

「それは、わたくしも拝見しとうございました」

「さようでございましょう。初めて御堂に入った折、拙僧は世の中にこれほど美々しきものがあるのかと思いましたわい。されどそれらはことごとく松永の人足どもに破却され、残っておるのは奴らから叩《たた》きのめされながら拾い上げた、ただこれだけ。人の世とは、かくままならぬものでございます」

勝源の口調はひどく静かで、寺の破却そのものではなく、かような非道がまかり通る人の世に倦《う》み果てているかに聞こえる。どう相槌を打てばいいのか分からず、苗は眼を泳がせた。まだ芽吹かぬ牡丹の株にすがる目を向け、「それでも勝源さま、きっと牡丹は咲きます」と声を上ずらせた。

「ああ、確かにお苗さまの仰せの通りでございますな。だからこそ拙僧も人の世の浮沈にかかわらず、毎年けなげに咲く草花を愛《め》でたいと思うておりますよ。いまだに眉間寺に留《とど》まっておりますのは、ひとえにそれゆえと申せましょう」

己に言い聞かせるように呟いて、勝源が牡丹の枝をひと撫《な》でする。

わずかにぬるみ始めた北風が、黴《かび》の生え始めた藁囲いの端をしきりに揺らしていた。

しかしながら二年、三年と年月が流れても、緋牡丹は花をつけなかった。その癖、樹勢はまったく衰えず、春がくれば大きな葉を茂らせる。その有様にかえって落胆する苗に、乳母の根津は「きっとこの地が合わぬのです」と慰めの言葉を連ねた。

「今井の母君さまにお願いして、新たな牡丹を送っていただきましょう。下手に他の土地に根付かせたりせず、この庭に植えるために育てた苗であれば、きっと見事に花をつけましょうほどに」

そんな矢先、思いがけぬ事件が城を襲った。二年前に家督《かとく》を継ぎ、久通《ひさみち》と名乗っていた久秀の長男が、主家である三好家と密議の上、京都・二条《にじょう》御所におわす将軍・足利義輝《あしかがよしてる》を殺害したのである。

かつての権勢を失っているとはいえ、征夷大将軍《せいいたいしょうぐん》たる足利家は本来、三好家の主。それだけに息子の思いがけぬ行動に久秀は狼狽《ろうばい》し、すぐさま義輝の弟である一乗院覚慶《いちじょういんかくけい》の身柄を保護し、三好家と袂《たもと》を分かとうとした。さりながら覚慶からすれば、長年、三好家に忠義を尽くしてきた久秀を信頼する気には到底なれなかったらしい。還俗《げんぞく》して名を義昭《よしあき》と改めるや、単身、近江《おうみ》国に逃亡し、甲斐《かい》の武田《たけだ》や尾張《おわり》の織田《おだ》といった大名衆に保護を求めた。

世の道義に諮《はか》れば久秀の行動は理に適《かな》っているが、三好家にとっては立派な裏切り。このため久秀は主家から追われ、あっという間に戦を仕掛けられる立場に陥った。

久秀を重用していた三好長慶《ながよし》はすでに亡く、現在の三好氏はまだ弱年の跡取り・義継《よしつぐ》を補佐する重臣たちによって動かされている。それだけに久秀の凋落《ちょうらく》が、あまりに強大すぎる勢力を有するに至った彼への嫉妬《しっと》によることは、誰の目にも明らかであった。

長年、久秀と敵対し続けていた筒井氏はこれを好機とばかりに兵を挙げ、河内《かわち》や京でも三好氏の家臣が久秀軍を相手取って交戦……やがて筒井氏と三好氏が盟約を結ぶに至っては、多聞山城内には血の臭いが絶えず漂い、東奔西走《とうほんせいそう》する久秀に従い、藤松までもが幾日も山里曲輪を空けるようになった。

とはいえ十市氏を筆頭とする大和国人にとっては、筒井氏は長年の仇敵《きゅうてき》。それだけに城内のざわめきとは裏腹に、山里曲輪ではこれまでとさして変わらぬ日々が続いていたが、温暖な大和にしては珍しく小雪が舞った霜月晦日《しもつきみそか》の払暁《ふつぎょう》、地を揺るがすけたたましい足音が小さな曲輪を押し包んだ。

「何事ですか」

時ならぬ騒がしさに苗が床から起き直ったのと、「苗さまッ」と叫びながら根津が部屋に飛び込んできたのは、ほぼ同時。わななく指で表を指したものの、血の気の失せた唇を震わせるばかりで、二の句が継げない。あり合う打掛《うちかけ》を羽織り、苗は局を飛び出した。

いったい何が、と左右を見回す暇もあらばこそ、具足陣羽織《ぐそくじんばおり》に身を固めた侍が七、八人、一団となって板張りの廊下を押し進んでくる。その腰にそろって佩《は》かれた蛭巻太刀《ひるまきだち》の鞘《さや》が、まだ明けきらぬ薄闇の中で光っていた。

無言で近づいてきた男たちは、恐怖に立ちすくむ苗を突き飛ばした。よろめいて壁際に尻餅《しりもち》をついた苗にはお構いなしに、二間隣の襖を開け放つ。

「布施井久太どの、出ませい」

腹の底に響く声は静かで、その癖、鋼の如く腹に響く。四つん這いで部屋から出てきた根津が、震え出した苗の体をひしと抱きしめた。

「手荒は致しとうはない。おとなしく出て来れば、要らぬ痛みは与えぬ」

「井久太ッ」

絶叫とともに苗のかたわらを旋風が巻いたのは、髪を振り乱した小五郎が駆け過ぎたためだ。褌《ふんどし》が覗くほどに裾を乱した彼に、手前の局から飛び出してきた藤松が追いすがる。廊下の真ん中で、その小柄な体を無理やり押さえ込んだ。

「駄目だ、小五郎。堪えろ」

「は、放せッ。放せよおッ。い、井久太ッ」

両手足をもがかせる小五郎に、藤松が唇を噛《か》みしめる。それとともに廊下の果てに人影が差し、前後を侍に囲まれた井久太が姿を見せた。この半年ほどで急に手足が伸び、男臭くなったその顔は、今や紙を思わせるほどに白く、薄い鬚《ひげ》の生えた顎がわなわなと震えている。

井久太の名を叫ぶ付き人たちを、背後の武士が押し留める。藤松は小五郎の襟髪《えりがみ》を摑んで、廊下の隅に身を寄せた。

雲を踏むに似た足取りでその前を通り過ぎながら、井久太が強張った顔を小五郎に向ける。その丸い目が見る見る潤み、光るものが頰を一筋、二筋と伝ったが、それでも井久太は歩みを止めず、ゆっくりと――だがまっすぐに廊下を歩み過ぎた。

ようやく昇り始めた陽が、夜着のままの彼の足元に長い影を曳《ひ》いていた。

井久太がなぜ連れ去られねばならなかったのか、その理由は翌日の朝、曲輪にやってきた長諳によって明らかになった。

「井久太の父御である布施左京進《さきょうのしん》さまが、久秀さまの軍勢に追われていらした筒井勢を、ご自身の城に迎え入れられたのです。そうでなくとも筒井の藤政《ふじまさ》（順慶《じゅんけい》）さまは、久秀さまには長年の宿敵。もう少しで捕らえられたところに左京進さまに寝返られては、そりゃ久秀さまもお怒りになられましょうて」

小五郎は昨日から自室に閉じこもって出て来ず、藤松は表書院に呼ばれて留守。「それで井久太は」と唇を震わせた苗に、長諳は小さく首を横に振った。

「せめて念仏を唱え、菩提《ぼだい》を弔うてやりなされ。苗さまたちとここで過ごした歳月は、あのお子には幸せなものだったでございましょう」

そうだろうか、と苗はしんと冷えた胸の底で考えた。確かにこの四年間、苗はもちろん、山里曲輪の子どもたちは食い物にも着るものにも困りはしなかった。だがそれは鶏が餌を与えられながら食われる日を待つが如く、足元に常にぽっかりと口を開けた深い穴を囲んで過ごす日々である。人質として多聞山城に差し出されたりしなければ、自分たちはそれぞれの故郷で異なった平穏を手に入れ、当然、井久太とて命を奪われずに済んだのではないか。

見張りの足軽のやりとりに聞き耳を立てれば、井久太は曲輪から連れられて間もなく、城の総門前に立てられた杭《くい》に、生きながら串刺《くしざ》しにされたという。意地っ張りで、いつも藤松にたしなめられていたあの井久太と、あまりに残虐な処断がどうしても結びつかない。

曲輪の土塀から恐る恐る身を乗り出せば、総門の付近に十重二十重の人垣ができている。だが肝心の門前はこの数年で茂った木立に遮られ、うかがうことができなかった。

「なにをしておられます」

低い呼びかけに振り返れば、法衣の袖を背中で結わえた勝源が落ち葉の満ちた籠《かご》を背にたたずんでいる。苗の隣から山の裾を見下ろし、ああ、と吐息をついた。

「布施の若君は気の毒でいらっしゃいましたな。拙僧は処刑の場を見ておりませぬが、立派なご最期だったとやら」

立派、と口の中で呟けば、その言葉は氷の粒のように冷たい。

苗とて武士の娘である。人質となったその日から、自らの命が野の花の如く、いつぽっきりと摘み取られるやも知れぬとは承知している。だが己ではどうしようもない命運に従っているからといって、命を奪われる恐れのない者に他者の悲運を宜《うべな》われ、納得できはしない。

　昨年もその前の年も、牡丹は花をつけなかった。今井から新たに届いた牡丹が花を咲かせ、古い株がなおもこれまで通りだったなら、自分はどうすればいいのであろう。古い株は刈り取り、新たな株だけを愛でればいいのか。ならば花を見せぬまま命を絶たれた株は、何のために寒空のもと、はるばる多聞山城まで揺られてきたのか。

「牡丹を……わたくしの牡丹をせめて、井久太どのに見せて差し上げとうございました」

　声を潤ませた苗に、勝源は雲のない空を仰いだ。薄い肩を喘《あえ》ぐように上下させてから、

「もしかしたら」とぽつりと声を落とした。

「お苗さまの牡丹は花をつけぬのではなく、つけられぬのやもしれませんん」

「それはどういう意味でございますか」

　問い返した苗に、勝源は無言であった。見えぬ雲を追うかのようにもともと細い目を眇《すが》めてから、「いえ」とうつむいた。

「拙僧の考えすぎやもしれませぬ。お忘れくだされ」

「ですが」

「次の夏を待って、それでもなお花が咲かなければ、お話しいたします。四年もの間、お待ちになられたのじゃ。もう半年が過ぎたとて、差し支えありますまい」

「わたくしは霜台どのの人質です。ともすれば、次の夏は永劫《えいごう》訪れぬやもしれませぬ」

食い下がった苗に、勝源は無言で背を向けた。築山の陰へと歩み去るその痩せた背は、いつぞや目にした壁画の花弁の描線そっくりに細く、それでいてひどく強靭《きょうじん》であった。

年が明けても、多聞山城を取り巻く情勢は一向に落ち着かなかった。むしろ春が闌《た》け、夏が訪れる頃には、久秀は皆目城に戻らなくなり、小姓である藤松もそれに伴って、曲輪を空ける折が増えた。

「藤松さまは先だって、堺《さかい》の陣で初陣を果されたそうでございます。戦そのものはさんざんな負け戦だったとやら仄聞《そくぶん》しますが、藤松さまは退却なさる霜台さまの後詰《ごづめ》を仰せつかり、ずいぶんなお働きだったとやら」

早耳の田代喜兵衛の噂話を裏付けるかのように、ごく稀《まれ》に長局で行き合う藤松は別人のように背丈が伸び、肉が落ちた頬にはどこか暗い影が宿っていた。

井久太の処刑を命じたのは、他ならぬ久秀である。同じ人質でありながら、そんな彼を主として仰ぐ藤松が、苗には急に遠い存在になったかの如く思われた。

降り注ぐ陽射しがいよいよ厳しくなった夏の日、その藤松が今年もまた花をつけぬ牡丹を眺めていた苗に、「少しよろしいか」と声をかけてきた。

「三日後、小五郎がこの城を去ると決まった。昨年の末、父君の箸尾少輔《しょうゆう》さまが久秀さまの窮地をお救いになったため、その褒美として人質を戻してやれとの仰せだそうだ」

「では、この曲輪も寂しくなりますね」

言葉少なに応じた苗に、藤松は小さく首を横に振った。

「その代わりというわけではないが、今度は松蔵《まつくら》氏のご子息と井戸若狭守《いどわかさのかみ》どののご息女が城にお入りになる。まだ頑是《がんぜ》ないお子がたと聞くゆえ、すまぬがお苗どの、それとなく気にかけてやってくれ」

松蔵氏と井戸氏はともに、筒井氏の家臣。いずれも昨年から続く筒井氏との戦の中で主家を裏切り、久秀に忠義を誓った家である。

小五郎は井久太が死んで以来、ほとんど自室から出て来ない。時に、他の局まで響くほどの激しい歔欷《きょき》を漏らす彼が郷里に帰るのは幸いである。しかし代わってまた新たな人質が来るかと思うと、胸が痛む。

井久太は死に、小五郎は生きてこの城を出て行く。何もかもが転変する日々の中で、真に変わらぬものとは何なのだ。いやそもそも、変わらぬものを追い求め、その果てにいったい何が残るのだろう。

半年後、多聞山城にやってきた二人の人質たちは、共に五歳。親同士が旧知の仲とあって、幼い頃から実の兄妹同様に親しみ合って育ってきた仲というが、一つ輿に供乗りし、怯《おび》え切った顔で身を寄せ合う二人が、苗には痛ましくてならなかった。

「困ったことがあれば、いつでも仰《おっしゃ》ってください。よほどの無理でない限り、お叶《かな》えくださるはずです」

彼らの乳母にそう話しかけてから、苗は己の言葉がかつて自分がこの城に入った折の藤松にそっくりだと気づいた。

(——ああ、そうか)

その命を差し出すためにやってきた人質に接すれば、苗とてただ生きる術を教えるしかできない。つまり、藤松は決して心の底から久秀に服従しているわけではない。彼はただ生きるために、彼に仕えているのであろう。

苗は女である。藤松の如く戦場で手柄を立てることも、学問によって立身出世することも叶わない。だがそんな苗でも、命奪われることは恐ろしいし、真実、世に変わらぬものがあるとすれば、それを追い求めたいと思う。そうだ、仮に庭の牡丹が咲かぬのであれば、母から送られてくる新たな株を待つのではなく、自分で牡丹の花咲き乱れる庭へと歩み出たい。

多聞山城に入ってすでに丸五年、苗は十四歳になった。父母の元にいればそろそろ縁組の一つや二つが持ち込まれる年にもかかわらず、人質の境遇ではそれとて叶わない。

自分はこの先もここに留められ、次々とやってくる人質の面倒を見ねばならぬのか。藤松の如く、ただ生きるために久秀の下知に従い、場合によっては一つ屋根の下で過ごした仲間の死を見送らねばならぬのか。

牡丹の花そっくりに赤いものが胸の底で荒れ狂い、出口を求めてのたうち回っている。
久秀と三好・筒井との合戦はいよいよ激しさを増し、遂《つい》には東大寺に陣を敷いた一万あまりの敵が多聞山城を取り囲み、その行く手を塞がんとした松永軍が放った火が、南都のそこここで燃え盛る日もあった。しかし今の苗には、それすらも遠いもののように感じられた。

久秀が誰と手を組もうが、どちらの軍が勝とうが、曲輪から出られぬ身には、実のところ関係がない。苗たちはただ強きものの力になびき、彼らの去就次第で摘み取られるしかないのである。

「今日はまた、戦火《いくさび》が近うございますなあ。火の粉が城に降りかからねばよろしいが」

東にそびえる春日山を眺めながら、田代喜兵衛がぼそりと呟いたのは、井久太の死から一年近くが経った初冬。半年前から南都に攻め込んでいる筒井・三好軍に対し、松永軍二千余りが城から打って出た日の夕刻であった。

「大丈夫でしょう。いくら戦に我を失っていらしたとて、焼けるのは所詮《しょせん》、奈良の町筋。ならばどれだけ火が近くとも、ここまで火は及びますまい」

広縁に座る根津が、おっとりと笑う。確かに、とうなずいて、喜兵衛は半白のこめかみを掻いた。

「とはいえ、すでに両軍は戦の混乱の中で、般若寺《はんにゃじ》を始めとする南都の諸寺を幾つも焼き払っておいでですからなあ。たとえば東大寺は堂宇《どうう》も多うございますゆえ、雑兵どもの松明《たいまつ》が誤っていずれかの御堂にかかるやもしれませぬ。古き寺ほどよく燃えるものはありませぬゆえ、さような仕儀となればこの城とて無事では済みませぬぞ」

そんな喜兵衛の言葉に従うかのように東大寺で火の手が上がったのは、その日の深更。多少の戦火には慣れているとはいえ、突如、東大寺の中央から吹き上がった空を焦がさんばかりの劫火に、多聞山城は蜂《はち》の巣を突《つつ》くに似た大騒動となった。

「あ――あれは、大仏殿だッ。大仏さまが燃えているッ」

聖武天皇の発願《ほつがん》によって建立された東大寺毘盧舎那仏は、丈五丈（約十六メートル）の銅仏。約四百年前の治承《じしよう》の兵乱によって焼失するも、畿内《きない》の衆庶の寄進によって再建された日ノ本最大の仏像である。

苗が裸足《はだし》のまま庭に走り出れば、城の東は炎の柱が佇立《ちよりつ》したかの如く朱色に染まり、頬の毛が焼けるかと思わせるほどの熱風が顔を叩く。

風に乗って運ばれてくる火の粉を消すべく、水に濡《ぬ》らした筵を手に、ほうぼうの屋根によじ登る小者《こもの》、東大寺の様子を見るべく駆け出す雑兵……まるで昼かと疑うほどの明るさの中、誰もが意味をなさぬ怒号を上げながら、城内を走り回っている。

息が塞がるほどの黒煙が城を押し包み、煤《すす》の臭いが垂れ込める。苗は小袖の袂で口を覆った。

「あああッ、御堂がッ」

ひときわ高い絶叫がそこここから上がるのと、かろうじて堂宇の形を保っていた大仏殿が崩れ落ちたのはほぼ同時。金砂《きんさ》と見まごうばかりの輝きが空を染め上げ、春日山《かすがやま》の稜線《りようせん》をくっきりと際立たせる。大伽藍の中にあるはずの巨仏が見えず、焔《ほのお》の中ががらんどうと映るのは、激しい火勢によって銅製の大仏までもが湯の如く溶け果ててしまったためか。

久秀は熱心な法華《ほつけ》の信者である。いくら敵を討ち取るためとはいえ、この国一の大仏にあえて火を掛けるはずがない。おおかた喜兵衛が漏らした通り、足軽雑兵どもの失火に違いあるまいが、だからといって御仏を兵火にさらした事実が消え去るわけではなかった。

あまりに眩《まばゆ》すぎる焔のせいで、かえって東大寺の境内の様子はよく分からない。だがきっとあの大火の下では今まさに、無数の兵士が打ち物を手に死闘を繰り広げているのであろう。轟々《ごうごう》と逆巻く風の音は、その中に無数の怒号を押し包んでいるはずであった。

何もかもが変わっていく。しんと静まり返った御堂におわした巨仏も、この山城に身を置くしかないひ弱な自分たちも。冷たい銅で鋳られ、万人の力を以てしても動かぬと見えた大仏までが湯水と変わるこの世にあっては、真実、変わらぬものなぞどこにもないのではあるまいか。

「お苗さまッ」

周囲の喧騒を縫って響いた声に振り返れば、法衣の裾を尻《しり》っ端《ぱしよ》折りした勝源が荒い息をついている。驚きに目を瞠《みは》るお苗を押しのけるようにして庭に駆け込むと、ありあう筵を引っ摑み、下人たちが運ぶ水桶《みずおけ》に叩き込む。十分に濡らしたそれを牡丹のぐるりに立てかけ、早くも枝に降り積もり始めた煤を掌で素早く拭《ぬぐ》い去った。

「火の粉で枝が痛めつけられれば、次の春は葉が出ず、このまま立ち枯れてしまうやもしれませぬ。あの火事が収まるまで、拙僧が見張りを致しましょう」

「もう、いいのです、勝源さま。わたくしの牡丹なぞ、どうせもう花は咲かぬに決まっております」

勝源は混乱する城下を抜け、ただ牡丹を守るために曲輪に駆け付けてきた。それをありがたいと思うよりも先に、長年胸の中に押し込めていた慟哭《どうこく》が堰《せき》を切った。

「どのみちわたくしは今後も、咲かぬ牡丹とともにここで暮らすしかないのですッ。勝源さまとてご存じでございましょう。かような浮き世にあって変わらぬものなぞ、ついぞありはしないのですからッ」

「それは――それは違いますぞ、お苗さまッ」

勝源はがばと苗の両肩を摑んだ。同時に、「火がかかったぞおッ。多聞櫓《たもんやぐら》だッ」との叫喚《きょうかん》が轟き、辺りの雑兵がどっと走り出す。一瞬遅れて、西の方角で上がった火の手を振り返りもせず、勝源は激しく首を横に振った。

「お苗さまの牡丹は、必ずや咲きまする。なぜなら花が咲かぬのはあの牡丹の罪ではなく、何者かが枝に付いた蕾を片端から摘み取っているためでございます」

咄嗟《とっさ》にその意味が分からず目を見開いた苗に、「間違いありませぬ」と勝源は続けた。

「あれほど勢いよく育っている牡丹が、皆目、花を付けぬ道理はありませぬ。拙僧が見る限り、その者はわずかについた蕾を見逃さずことごとく摘み取り、花を咲かせぬよう、慎重に目配りをしているのです」

「そんな。いったい誰が」

山里曲輪に立ち入れる者は限られている。そしてこの曲輪で寝起きする者の中に、苗がどれだけあの牡丹を大切にしているか知らぬ者はいないはずであった。

四囲の喧騒が水をくぐったかのように遠のき、煤の臭いまでが掻き消える。教えてください、と苗は詰め寄った。

「勝源さまは、そ奴に心当たりがおありなのでしょう。いえ、そもそも勝源さまはなぜそれを、今日まで秘めていらしたのです」

勝源は苗の肩から、静かに手を離した。風向きが変わったのだろう。牡丹の枝に立て続けに降りかかる火の粉を片手で払い、「牡丹皮《ぼたんぴ》と申す薬を、お苗さまはご存じありませぬか」と静かな声を落とした。

「名の通り、牡丹の根皮を干して作る薬でしてな。女子の冷えや産に効能がございますが、それを作るためには牡丹の蕾をことごとく摘み、六、七年かけて根を肥やさねばなりませぬ」

苗はこの五年で、腰ほどの高さにまで大きくなった牡丹の株を凝視した。まさか、という呟きが、おのずと唇をついた。

「この牡丹は、お苗さまの母君さまがぜひにとお持たせになられたものとやら。その理由は果たして、お苗さまのつれづれを慰めるためでいらしたのでしょうか」

違う。それであれば持たせるべきは、牡丹以上に根付きやすい桜や梅の苗でもよかったはず。それをなぜわざわざ植え替えが難しい牡丹を選び、乳母に背負わせて運ばせてきたのか。

（根津――）

苗同様、頻繁に庭に出入りしていた乳母の顔が、脳裏に明滅する。まさか、と呟いた苗に、「母君さまはおそらく」と勝源は続けた。

「人質となられるお苗さまが大人となられた後、女子ならではの血の道の病に苦しめられはせぬかと案じていらしたのではないでしょうか。お側にいれば、娘御の些細《ささい》な変化にも気づけましょうが、今井と佐保に分かれていらしてはそれもままなりますまい。そのためいつか、つつがなくお育ち遊ばされたお苗さまの役に立たせようと、牡丹皮を作るにふさわしい株を乳母どのに託されたのでは」

だがそれは、苗が多聞山城で育ち、生き延びると信じていればこその行いである。牡丹の根が肥え、薬を服するにふさわしい年まで娘が生き続けるはずと、母は初めから信じていたというのか。

熱いものが喉《のど》を塞ぎ、言葉にならぬ呻《うめ》きがこみ上げてくる。古から数え切れぬほどの人々によって守られてきた御陵が崩され、見上げるほどの巨仏が失われるこの世。曲輪に押し込められ、明日をも知れぬ命であろうとも、自分たちは確実に日一日と育ってゆく。それはもしかしたら、何もかもが変わり続ける世の中にあって、たった一つ、何者も妨げ得ぬ真実なのではあるまいか。

「ならば……ならばわたくしがこの城を去れば、牡丹はいずれ咲くのですか」

苗の真意を探るように、勝源は唇を引き結んだ。

「勝源さまが寺の絵をいまだ大切に胸に秘めておられる如く、わたくしもどんな時も変わらず咲く花が見とうございます。そして同時にわたくし自身も己の牡丹の如く、誰にも摘み取られぬ花の如く生きとうございます」

勝源の肩が、苦いものを飲み込んだように小さく震える。おそらく、という声が、血の気の失せたその唇から漏れた。

「そうなればすぐに牡丹は花をつけましょう。いえ、かような折は、拙僧が間違いなくお苗さまの代わりに、花を咲かせてみせまする。お苗さまご自身はご覧になられずとも、かつて拙僧が日ごと目にした御堂の絵にも負けぬほどの美しき花を」

苗は両の手を胸の前で握りしめた。

大仏殿を押し包んだ炎は一向に衰えず、むしろ風にあおられ、勢いを増しているかに映る。多聞櫓にかかった火はすでに消し止められた様子だが、天を焼くほどの火柱《ひばしら》が風を呼ぶのか、渦巻く風は日頃とは比べものにならぬほど強い。普段は曲輪の奥深くまでは立ち入らぬはずの下人までが土足で広縁を走り、降りかかる火の粉を片端から踏み消して回っていた。

「本当に。間違いありませんか」

「はい。かつてご本堂に描かれた絵を守れなかった拙僧が申しても、お信じくださらぬかもしれませぬが」

唇におのずと薄い笑みが浮かぶ。そんな苗の手に、勝源は己の懐から取り出した布包みを押し込んだ。

「お約束申し上げます。拙僧は御堂に描かれていた花と肩を連ねるほどに艶《あで》やかで、繚乱《りょうらん》と咲き誇る牡丹をこの庭に咲かせましょう。せめてお苗さまはこの極楽図の欠片《かけら》を、いずれ咲く牡丹の縁とお信じくださいい」

掌に載るほど小さな欠片を、苗は強く握りしめた。

庭仕事のかたわら、幾度となく勝源に聞かされてきたせいであろうか。見たことのないはずの極楽図の様が、ありありと脳裏に思い浮かんだ。左の壁には、飛び交う迦陵頻伽と咲き乱れる四季の花々。右の壁には種々の楽器を奏で、御仏を荘厳《しょうごん》する飛天。この山城に根を張った牡丹の花は、もはや失われた絵の命を吸い取ったが如く、さぞ絢爛《けんらん》と開くであろう。

永遠に変わらぬものなぞ、この世にはない。だからこそ、自分たちは生きねばならない。苗は勝源に深々と一礼し、踵《きびす》を返した。草履を突っかけたまま、すでに泥にまみれた廊下を駆ける。

「喜兵衛、喜兵衛はおりませんか」

と叫び、局から飛び出して来た守役の腕をひしと摑んだ。

「わたくしはこれより城を出ます。父君と母君の元に帰ろうではありませんか」

「なにを仰せられます、お苗さま」

喜兵衛の白い眉が、半寸近くも跳ね上がる。実の祖父ほどに年の離れた守役に、「これは冗談ではありません」と苗は畳みかけた。

「今のお城内は、上を下への大騒ぎ。霜台さまはおいでにならず、曲輪の虎口とて開け放たれたままです。城を抜け出すのに、これ以上の好機はありますまい」

「ですが、お苗さまがさような真似をなされれば、父君さまと霜台さまの和平は破られます。十市のお家とて、どんな目に遭わされるか分かりませせぬぞ。——い、いいや、しばしお待ちくだされ」

喜兵衛は突如、目尻の垂れ下がった目を宙に据えた。

「そもそもこたび、東大寺に陣を敷いていたのは筒井衆。だとすれば本当の仔細《しさい》は分からねど、世人は松永霜台の軍勢が敵を襲おうとして、大仏殿に火を放ったと考えましょう。さすれば大和の国人衆も霜台どのの非道を口を極めて謗《そし》りましょうし、我らが遠勝さまとてお心の中では――」

「そう、そうです、喜兵衛。もともと霜台は佐保の御陵を壊し、この城を築かせたようなお方。ならば世人はきっと、大仏さまに火をかけ奉ってもおかしくないと思いましょう。そして大和の衆はかような霜台に従うことを是とせず、三好や筒井方に走り始めるのではありませんか」

つまりここで苗が多聞山城を去れば、父は何も気に病むことなく、他の大和国人衆に同心できる。それに、と苗は喜兵衛の顔を正面から見つめた。

「そなたのことです。父君が霜台に背き、わたくしが殺されるやもしれぬ折に備え、この城から逃げ遂《おお》せる手筈《てはず》の一つや二つ、かねて用意しているのではありませんか。ならば今、それを使わずしてどうするのです」

「お苗さま、なぜそれを」

目を丸くした喜兵衛に、苗はにっこりと微笑んだ。多聞山城に入って以来、胸のもっとも深い所からこみ上げてきた笑みであった。

「さあ、根津を捜しましょう。城内の者が大仏殿に気を取られている間に、南都の町に紛れ込まねば」

「承知つかまつりました。しばしお待ちくだされ」

己の局に駆け込んだ喜兵衛は、再び苗のもとに戻ってきた時、古びた太刀《たち》を腰に佩《お》びていた。脇にかい込んでいた素襖《すおう》と袴《はかま》を苗に着せ、埃臭い舟形烏帽子《ふながたえぼし》に長い髪を押し込む。

根津を捕まえて事情を告げると、その手に懐剣を握らせて長局を飛び出した。

ちょうど一年前、侍たちが井久太を捕えに来た際、この喜兵衛は自室から姿を見せなかった。だがこの慎重な守役が、時ならぬ曲輪の異変に知らぬ顔を決め込むはずがない。

山里曲輪の者は人質も従者もともに武具を奪われ、何者にも手向かいできぬようになっている。しかしあの時、喜兵衛が姿を見せなかったことで、苗はこの守役が城の者たちに歯向かう用意を整えていると感じた。喜兵衛があの場に現れなかったのは、曲輪に押し寄せた侍の目的が苗ではないかと疑い、彼らに抵抗する隙をうかがっていたためであったのだ。

山里曲輪の門は大きく開かれ、普段であれば人の出入りに目を光らせている足軽の姿もない。喜兵衛は腰の太刀を抜き放つと、苗と根津を後ろ手に庇《かば》いながら、高く巡らされた土塁に沿って山を下った。途中、人影を見かけては物陰に身を隠し、櫓や出丸《でまる》から見えづらい場所を選んで歩を急がせたが、城内の者たちはいまだ火勢衰えぬ火事に完全に浮足立ち、人質のことなど考えてもおらぬらしい。

「これはうまく行くやもしれませぬぞ。ご覧くだされ、総門に見張りこそおりますが、ご門前はひどい雑踏でございます」

喜兵衛が顎で指し示した通り、総門の前は近隣の家屋敷から飛び出してきた人々であふれかえり、立錐《りっすい》の余地もない有様であった。誰もが落ち着かぬ様子で東大寺の方角をうかがい、しきりに足踏みをしている。中にはわざわざ遠方から駆けつけてきたのか、草鞋履《わらじば》きに笠《かさ》をかぶった者までいた。

「ここは三方に分かれて城下を走り抜け、町外れで落ち合いましょう。よろしいですか、お苗さま。あの道をただひたすらまっすぐに進めば、いずれ興福寺の寺域に行き当たります。誰に引き止められても振り払い、寺の築地の陰でお待ち下され」

人はよほどの確証がない限り、誰かを無理やり引き留める真似はしない。長い髪さえ見咎《み とが》められなければ門を出られるはずだ、と噛んで含める口調にうなずき、苗は袴の股立《ももだ》ちを取った。勢いをつけて坂を下り、そのまま総門を飛び出した。

「お待ちくだされ、どなたさまでございます」

はっとこちらを顧みた雑兵の横をすり抜け、雑踏の中に飛び込む。喜兵衛の言葉通り追ってくる者はいなかったが、一方で根津たちの姿は左右になく、はぐれたのかどうかも分からない。

それでも人波をかき分け、ただまっすぐに道を急いだのは、初めてこの地を訪れた五年前、幼い苗を一口に飲み込むかに見えた城の姿が脳裏に明滅したからであった。今ここで誰かに見咎められれば、待っているのは明白な死のみ。その恐怖が幼い日の記憶とないまぜになって、苗の背中を押した。

とはいえ道を進めば進むほど、往来にはますます人が増え、まっすぐ駆けることすら難しい。慣れぬ烏帽子が傾き、ずり落ちてきた袴が爪先にまとわりつく。すでに城を離れた今、下手な男装なぞしている方が、かえって人目につくやもしれぬと考え、苗は烏帽子を叩き落とした。素襖と袴を振り払うように脱ぎ捨て、再度駆け出そうとしたその時である。

「松永さまの兵が戻ってきたぞッ。道を空けろッ」

野太い叫びが交錯し、目の前の人波が二つに割れた。これまで以上に強い煤の臭いが顔を叩き、息が詰まる。あわてて周囲の雑踏に身を隠す暇もあらばこそ、ざんばらに乱れた髪を鉢巻きで押さえ、鬣《たてがみ》の焦げた馬にまたがった三十騎ほどが目の前を走り過ぎた。

その殿《しんがり》を駆ける馬にまたがった人影が、苗の面上に大きく見開いた目を据えた。藤松であった。

あッという叫びは藤松の口から出たものか、それとも苗の唇をついたものかは分からない。騎馬武者たちが驚いたように手綱を引きそばめ、半町ほど先で馬を留めた。

「いかがいたした、藤松」

先頭を駆けていた小柄な老人が、塩辛声で問いただす。なおも燃え盛る大仏殿の照り返しを受け、皺《しわ》の目立つ顔の側面が血を浴びたように赤かった。

「い、いいえ。何でもありません。先ほど、中門堂で敵を斬《き》り伏せた際に負った手傷が、急に痛み始めただけでございます」

「ふむ。戦に気が高ぶっておる間は、相当な傷を負うたとて、痛みを覚えぬものじゃ。そうなるとおぬし、かなりの手傷を受けておるぞ。城に戻り次第、早々に手当てをいたせ」

ひと息に言い捨てるなり、老人は馬の尻を鞭打《むちう》った。再び一団となって駆ける軍勢に従いながら、藤松が再度、こちらを顧みる。

だがその時にはすでに苗は人垣のただなかに身をひそめ、野次馬の肩越しに目だけを光らせていた。戸惑いを浮かべて辺りをもう一度見回し、藤松が馬腹を蹴《け》る。見る見る遠ざかるその姿に背を向けて、苗は再び走り出した。

藤松がこの先もずっと同じ男を主とし続けるのか、苗には分からない。しかしたとえ取る道は苗と異なるとしても、それは藤松自身が生きるために選んだ手立てである。

ひと足駆けるごとに胸が軽くなり、湯に浸かったかの如く手足が熱くなる。

降り注ぐ火の粉が次第に人の減り始めた往来を照らし、行く先をぼうと照らし出す。苗の目にそれは己の行く先を寿《ことほ》いでいるのではなく、懐に納めたもはや亡き絵の形見を――いつか咲く牡丹を輝かせるための、ひと足早い散華であるかのように映った。

輝ける絵巻

一

杉戸の隙間から吹き込む寒風が、襟元《えりもと》をひんやりと撫《な》で過ぎて行く。

今日は朝から灰色の雲が低く垂れこめていたが、正午を過ぎ、四辻季賢《よつつじすえかた》が禁裏《きんり》から屋敷へ退出する途次には、とうとう小雪が舞い出した。

季賢と客の間に置かれた火桶《ひおけ》では、形の悪い炭が真っ赤に熾《おこ》っている。冷え切った手を懸命にそちらに伸ばしながら、季賢は建てつけの悪い杉戸を振り返った。

(この分では、明日は雪景色かも知れぬのう。そうなると夕刻よりの歌会では、雪にちなんだ歌を詠むべきじゃろうか。ううむ、白妙《しろたへ》の……いや、久方《ひさかた》の……)

「――そやから、わしは従妹《いとこ》に、亭主の悪口を言うんはみっともないと説教しましたんや。けど従妹いうても二十歳も年下だけに、年寄りの言葉になぞまったく耳を貸さしまへん」

物思いを破る大声は、季賢の正面で熱弁を振るう宗連《そうれん》のものであった。

禿頭《とくとう》に汗をにじませ、口角泡を飛ばさんばかりの勢いでまくし立てる姿は、およそ七十を超えた翁《おきな》とは思えぬ元気さである。

四辻家は家禄《かろく》二百石の羽林家《うりんけ》だが、その台所は決して豊かではない。こんな矍鑠《かくしゃく》とした彼には、炭など不要に違いない。季賢は古びた蒔絵《まきえ》の火桶《ひおけ》を、こっそり我が方へと引き寄せた。

「とはいえ、女房が亭主の文句を言うんも、夫の身を案じればこそ。そう考えれば憎たらしい従妹も、何やいじらしゅう見えてきますわい。――はて。ところでわしはなんで中将《ちゅうじょう》さまに、こないなことをお聞かせしてるんどっしゃろ」

知るか、と腹の中で毒づき、季賢は萎《しな》びた瓜《うり》に似た宗連の顔を見下ろした。肉の薄い頬に無精髭《ぶしょうひげ》を蓄え、がらがら声でまくし立てる姿は、堂上公家《どうじょうくげ》の物静かさとは正反対。くたびれた道服《どうふく》と指貫《さしぬき》が、ただでさえ正体不明なこの老爺《ろうや》を、ますます得体しれなくさせていた。

――まったく、徳川《とくがわ》の世になって以来、京の乱倫《らんりん》は目を覆うばかりじゃわい。

とは、季賢が十歳の夏に亡くなった祖父・季継《すえつぐ》の口癖であったが、実際、昨今の禁裏や公家屋敷には、宗連のように官位を持たぬ地下人《じげにん》や、浄瑠璃《じょうるり》や作庭を生業《なりわい》とする河原者が、大手を振って出入りしている。

だがそれは徳川家がもたらしたものではなく、二十五年前に譲位した後水尾上皇《ごみずのおじょうこう》のせい。彼が暇にあかせ、一芸に秀でた彼らを次々と仙洞御所《せんとうごしょ》に召したせいで、昨今の都には殿上《てんじょう》人《うびと》が無官《むかん》の者と親しく交わる、不思議な風俗が蔓延《まんえん》していた。

二十五歳の左近衛《さこんえ》中将・季賢がこの宗連と親しくなったのは、半年前に後水尾の院御所で催された歌会の席。そこで一度屋敷に遊びに来いと愛想を言ったのをきっかけに、以来、宗連は十日に一度は必ず、四辻家に顔を出すようになった。

身許《みもと》は決して明かさぬが、金回りのよさや諸芸に優れた点から推すに、おそらくどこぞの豪商の隠居であろう。

どんな場所にも遠慮なくやってくる彼を、身分の隔てを弁《わきま》えぬ地下者と見下しつつも、季賢は珍妙な犬を手なずけたような気分で、その訪れを内心楽しみにしていたのであった。

「おお、思い出しました。その従妹が今朝、大津《おおつ》より山ほど寒蜆《かんしじみ》を送って来ましてな。ぜひ中将さまにお召し上がりいただこうと思うて、持参したんどした」

しかし宗連は膝先《ひざさき》に小さな布包みを置いているばかりで、かたわらに蜆の桶はない。いつの間にか四辻邸の家令《かれい》はもちろん、お末の雑掌《ざつしょう》とも顔なじみの彼である。すでに厨《くりや》の料理人に貝桶を預けてきたのに違いない。

(こんな様をご覧になられたら、おじじさまはさぞ嘆かれようなあ)

身分にうるさかった祖父が、けがらわしげに地下人を眺めていた姿が脳裏をよぎる。

だが、しかたがない。これも時世なのだ。

まだ若い季賢は、季継が懐かしんだかつての禁裏を知らない。祖父が最期まで蛇蝎《だかつ》の如く嫌い抜いた江戸《えど》の女院《にょいん》こと徳川和子《まさこ》は、季賢にはいつもにこにこと笑みを絶やさぬ愛らしい媼《おうな》と映るし、幕府から朝廷監視のために派遣される御附武士《おつき》の存在にも、何の違和感も覚えない。

都はもはや、祖父が知るかつてとは変わってしまった。その現実を直視して身を処さねば、この禁裏では生きて行けぬのである。

宗連が持参したのは蜆のみではないらしく、間もなく運ばれてきた膳《ぜん》には、蜆汁にうるか、酒の瓶子《へいし》まで添えられている。黒塗りの膳を手ずから季賢に奉りながら、宗連はちらっと彼の顔をすくい見た。

「ところで実は中将さまが、新たな主上の内々衆《ないないしゅう》に任ぜられたと小耳に挟んだんどすけど、それはほんまどすか」

「おお、まことじゃ。つい昨日内意を受けたばかりと申すに、宗連はえらく早耳じゃのう」

——時に承応《じょうおう》三年（一六五四）、師走《しわす》。

約四十年近く前に徳川家が定めた禁中　並公家諸法度《きんちゅうならびにくげしょはっと》によって、今日の朝廷は皆目政治権力を持たぬ存在と化している。天皇の仕事は六芸《りくげい》を筆頭とする学問・芸道に限定され、公家たちは幕府の様々な束縛の下、二代将軍秀忠《ひでただ》の娘・和子を女御とした後水尾上皇を中心に、公儀や学問の振興に力を注ぐことで、かろうじて自らの権威を保持していた。

後水尾院の第四皇子・後光明《ごこうみょう》天皇が崩御したのは、三月前の九月二十日。二十二歳の若き帝《みかど》の死に禁裏は大騒動となり、江戸方とも協議の末、ようやく先月、後光明の異母弟・良仁親王《ながひとしんのう》が践祚《せんそ》したばかりである。

このたび季賢が選ばれた内々衆とは、奥向きの年中行事などに伺候する廷臣。いわば帝の側近衆である。

「内々衆に任ぜられるには、帝との特別なご縁が必要やとうかごうてます。中将さまはいったいいつの間に、主上にお近づきになったんどす」

「いや、別にかようなことはしておらぬぞよ」

「ということは、これまでのお働きを嘉《よみ》せられてのご抜擢《ばってき》どすか。やれ、おめでたい限りどすなあ」

大仰に祝われて悪い気はせぬが、まだ弱年の季賢の禁裏での働きなぞ、たかが知れている。

自分が内々衆に任ぜられたのは、おそらく本務以外の努力を認められたため。そう思うと、念願かなった今、黙々と続けてきたその業を、誰かにこっそり打ち明けたくもなる。

昨日、内々衆への叙任が伝えられたとき、同役に任ぜられた左《さ》近衛権中将《こんえごんのちゆうじよう》・中院通茂《なかのいんみちしげ》の白い顔がはっきりと強張《こわば》ったのを、季賢は見逃さなかった。

通茂は後水尾院の歌の師であった学者貴族・中院通村《なかのいんみちむら》の孫。季賢の一つ年下にもかかわらず、その溢《あふ》れんばかりの歌才から、上皇や新帝からも寵愛《ちょうあい》される青年公卿《くぎょう》である。

肩書きでは季賢の補佐官に当たる彼に師の礼を尽くし、その目上を目上とも思わぬ辛辣《しんらつ》な歌評にひたすら耐えてきたのも、ひとえにこの日を夢見ればこそ。大きく盃《さかずき》を呷《あお》り、季賢はふうと太い息をついた。

「まあ中将の任はともかく、こなたは下手ながらも、歌の道には懸命の研鑽《けんさん》を重ねてまいった。かような点が上皇さまのお目に留まり、此度《こたび》の登用に結びついたのやもしれぬ」

「そやけど、いくら歌に優れてはっても、それだけで官職は決まりまへんやろ。やはりこれはすべて、中将さまのご才覚ゆえとちゃいますか」

宗連は半端な愛想笑いを浮かべ、空いた盃に瓶子《へいし》を向けた。

(いや、違うのじゃ、宗連)

禁裏出入りを許されていても、所詮《しょせん》、地下人は地下人。堂上衆の実情は、よく分からぬと見える。

落胆と侮りが入り混じった感情を覚えながら酌を受け、季賢は目の前の老人に、胸の中だけで呟《つぶや》きかけた。

(昨今の禁裏で生きるには、学問こそが肝要。こなたが内々衆に定まったのも、すべては歌のおかげなのじゃ)

現在、上皇として禁中に睨《にら》みを利かせる後水尾院は、歌道の秘伝である『古今和歌集』解釈の伝授者。宗祇《そうぎ》から三条西家《さんじょうにしけ》、細川幽斎《ほそかわゆうさい》、上皇の叔父《おじ》である智仁《としひと》親王を経て御所に伝えられた古今伝授《こきんでんじゅ》を保持することは、本邦歌壇の最高位に立つことと同義。それだけに院は自身の精進はもちろん、毎月のように歌会を主催し、次代の歌人育成にも尽力していた。

政《まつりごと》から遠ざけられた今、宮廷の権威を向上させるものは、和歌や有職故実《ゆうそくこじつ》、書や立花《りっか》といった学芸しかない。その現実をいち早く受け入れた上皇は、歌道こそが皇統の正統性を主張する最大の手段と考えていたのである。

「今日の禁裏でわが四辻の家名を上げるには、歌道を極めることこそが最も近道のはず。季賢、そもじはその事実を胸に刻み、懸命に歌に励むのじゃ」

名歌人と呼ばれた祖父・季継に比べれば、季賢の歌才は平凡。しかし父・公理《きんあや》にそう命じられた季賢は、まだ十代の頃から、上皇主催の歌会には何を措《お》いても出席してきた。今回の抜擢はおそらく、そんな季賢の懸命さに目を留めた院が、関白に仰せられて実現したもの。そうでなければ実績もなく、家格も低い自分が、いきなり内々衆に登用されるものか。

(かようなことを知られれば、おじじさまはさぞ嘆かれようなあ)

再び脳裏をよぎった祖父の顔は、今度は季賢を譴責《けんせき》するかのように険しい。

(されどしかたがない。四辻家の者が這い上がるには、これしかないのじゃ)

何しろ三十余年前、徳川和子の入内《じゅだい》に先立ち、季賢の大叔母《おおおば》・大納言典侍《だいなごんのすけ》が当時帝位にあった後水尾との間に一男一女を儲《もう》けて以来、四辻家に対する幕府の風当たりは恐ろしく強い。

幸か不幸か、皇子は夭逝《ようせつ》し、皇女は長じた後に出家したが、典侍の兄に当たる季継《すえつぐ》は禁裏の風紀《ふうき》紊乱《びんらん》を咎《とが》められ、一時、豊後《ぶんご》へ配流されもした。

硬骨漢で知られ、帰洛《きらく》後も武家嫌いを貫いて世を去った祖父はいい。だが自分は、武家によって雁字《がんじ》搦《がら》めにされた禁中で、これからも生きて行かねばならない。

今ごろ中院通茂は、長らく見下してきた季賢が相役に任ぜられた事実を、苦々しく思っていよう。普段取り澄ましたあの顔が憎しみに歪《ゆが》む様を想像するだけで心が浮き立って来るが、これだけで安堵《あんど》してはならない。四辻家再興のためには、いっそうの栄達を目指さねばと己に言い聞かせたとき、

「そうそう、ところでわし、中将さまにお願いがありましたんや」

と、宗連が指貫《さしぬき》の膝を打った。

まるで狂言でも始めるかのような、道化じみた所作であった。

二

「願いじゃと――」

「へえ。中将さまは、源氏物語はお好きどすか。実は最近、こないな源氏の絵巻を手に入

れましてなあ」

言いながら宗連が膝先の包みから取り出したのは、古びた小ぶりの巻子《かんす》であった。象牙《ぞうげ》の軸先は黄ばみ、錦《にしき》の緒はなぜかわずかに焼け焦げている。

蜆汁や酒の載った膳を手早く脇に寄せ、宗連はそれを季賢の膝先にすっと進めた。

平安の昔、紫式部《むらさきしきぶ》が著した『源氏物語』は、数奇な運命をたどった貴公子・光源氏《ひかるげんじ》と、彼をとりまく様々な女性たちを描いた物語。その華やかな筋立てから、源氏を題材とする絵巻や絵画は数知れず、四辻家の蔵にも藤原行光《ふじわらのゆきみつ》の手になる源語（源氏物語）画帖《がじょう》が一そろい納められている。

歌道を学ぶ上でも、源氏は必読の書。それだけに季賢は源氏絵なぞ、すでに嫌というほど目にしてきた。

（どうせまた、お決まりの絵柄であろうに……）

うんざりしながら絵巻を広げ、季賢はおや、と目を見張った。

冒頭の詞書《ことばがき》の手蹟《しゅせき》は能筆で、一目でかなり古い筆と分かる。砂子《すなご》が散らされた料紙に朧月《おぼろづき》が描かれているのは、

――雲の上も　涙にくるる　秋の月　いかですむらん　浅茅生《あさじう》の宿

という第一帖「桐壺《きりつぼ》」巻の御製にちなむと見える。

五十四帖に準《なぞら》えた装飾を料紙に施すとは、滅多にない豪華な工夫である。いったいこの

後には、どんな絵が隠れているのか。

興味をそそられながら絵巻を広げた彼の目に、やがて童髪《わらわがみ》の童子が瀟洒《しょうしゃ》な椅子に座す一葉の絵が飛び込んできた。

「これは――」

あまりに意外なその筆に、思わず低い呻《うめ》きが漏れる。

桐壺帝の皇子として生を享《う》けた源氏が、元服を果たす場面らしい。童子の背後に降ろされた御簾《みす》が、その奥におわす帝の動揺を表すかのように、大きくたわんでいる。

列席の廷臣たちは、なぜか不均等な間隔を空けて座しており、これから先、源氏を待ち受ける波乱の運命を想起させる。画面の端に描かれた萩の花の紅が、眼に痛いほど鮮やかであった。

精緻《せいち》さが喜ばれる昨今のやまと絵に比べれば、画面いっぱいに及んだ筆は粗削りで、構図も大胆である。それがかえって、まるで今にも動き出しそうな生気を感じさせたわけか。

こんな源氏絵を、季賢はかつて見たことがない。この生き生きとした筆致、意匠をこらした詞書を目にすれば、世に溢れかえる源氏絵などもはやただの紙屑《かみくず》とすら思われた。

「宗連。そもじ、この絵巻をいったいどこで手に入れた」

後水尾院は源氏物語にも造詣《ぞうけい》が深く、時には自ら公卿や内親王に講釈を行いもする。この絵巻を献上すれば、必ずやお気に召そうと思っての問いであったが、宗連は勢い込む彼

に、

「それは言えまへん。何せこれはわしにとって、命にも代えがたいお宝どすさかい」

と、あっさり首を横に振った。

「これは今から五百年前、白河《しらかわ》法皇さまがご養女の待賢門院璋子《たいけんもんいんしょうし》さまとともに、絵所《えどころ》に作らせたものやとか。それがわしの元に来たのは、どういう天の采配《さいはい》どっしゃろなあ」

そういえばかつて、名だたる絵師がせめて一目と渇仰《かつごう》した源氏物語絵巻が白河院の元に存在したと聞いた覚えがある。その絵巻は白河院亡き後、ある時は相国清盛入道《しょうこくきよもりにゅうどう》の元に、またある時は鎌倉《かまくら》将軍家にと、様々な権力者の手を経巡った末、最後は大閤豊臣秀吉《たいこうとよとみひでよし》の所有となり、大坂《おおさか》城落城とともに灰燼《かいじん》に帰したという。

まさか、とは思うものの、目の前の絵巻の豪奢《ごうしゃ》さはそうとでも考えねば説明がつかない。怒りとも嫉妬《しっと》ともつかぬ感情が、驚くほどの熱さで季賢の腹の底を焼いた。

今日の公家にとって、歌道・古典学は自らの存在意義も同然。源氏物語を含む古今東西の学芸は、朝廷に置かれてしかるべきであり、それを地下人や武家が掌握することは、禁中の秘事を奪われたに等しい。

かような絵巻物が地下の所有に帰していると知れば、公家は皆、地団駄を踏んで悔しがろう。中院通茂などはこれ幸いとばかりに、「絵巻を何としても買い上げぬとは、公家の風上にもおけぬ所業」と季賢を罵《ののし》るかもしれない。

　そのような中傷が後水尾院の耳に入れば、せっかく手に入れた内々衆の座も水の泡。いや、蟄居謹慎《ちっきょきんしん》を言い渡される恐れすらある。

（通茂に負けぬためにも、この絵巻物を何が何でもこなたのものとせねば）

　さりながら今、目の前にあるのは「桐壺」から始まる一巻のみ。脅し付けて奪ったとて、これだけではなんの意味もない。

　季賢の胸裏なぞ、予想だにしていないらしい。宗連は涼しい顔で絵巻を巻き、

「お願いとは他でもありまへん。この巻子を手に入れて以来、わしは自分でもこないな源氏絵巻を作りたくなりましてなあ」

　と、相変わらずのがらがら声で言った。

「かような絵巻をじゃと」

「へえ、そうどす。金なぞいくらかかってもかましまへん。金泥《きんでい》をふんだんに用い、詞書もこの絵巻みたいに抜粋やのうて、五十四帖すべてを筆写したいと思うてます」

　白河院の絵巻に比肩するものなぞ、簡単に作れるわけがない、と季賢は呆《あき》れ返ったが、宗連はひどく嬉《うれ》しげに言葉を続けた。

「『桐壺』だけで、まず五巻。となると総数は二百巻余りとなりますやろ。一目でかつての都の賑《にぎ》わいが知れる、見事な絵巻に仕上がるはずどす」

「待て、宗連。絵巻を作るには、絵師はもちろん、名の通った能書を呼び集め、詞書を書

いてもらわねばならぬ。そもじにかようなあてがあるのか」

「いいえ、ありまへん。そやからこうして、お願いに上がったんどす」

絵巻の価値は、詞書の筆者で決まる。すなわち天皇をはじめとする皇族、公卿、宮門跡《みやもんぜき》といった身分ある者が詞書を書けば、その絵巻の格はとたんに跳ね上がる。

このため絵巻の中には、冒頭の数行を地位ある者が記し、残る大半を市井の能筆の手に委《ゆだ》ねた物も多く、禁裏には能書の紹介で小銭を稼ぐ公家までいた。

「帝やご門跡とは言いまへん。ご禁裏なら関白さまか摂政《せっしょう》さま、お寺やったら大僧正さま辺りを、ご紹介いただけまへんやろか。無論、お礼はさせていただきますさかい」

左近衛中将の地位を利用すれば、仲介など容易《たやす》い事。しかしこの老人は本当に、二百巻もの絵巻を完成させられるのか。

仲立ちをした末、途中で絵巻制作が頓挫《とんざ》しては、季賢の面目は丸つぶれとなる。内々衆として新たな門出を迎える今、いらぬ騒動に巻き込まれるわけにはいかなかった。

「ううむ、口を利いてやりたいのは山々なれど、先の関白さまは夭逝なさったし、そのご子息はまだ七歳と頑是《がんぜ》ないでなあ」

言葉を濁した季賢に、宗連は「ははあ」と呟き、世知に長《た》けた笑みを頬に浮かべた。

「わかりましたで。中将さまは絵巻作りが頓挫したときを考え、口利きをためらってはるんどすな」

「そ、そういうわけではないわい」

言い当てられて狼狽《ろうばい》する季賢を、宗連は面白そうに見上げた。

「では、こういたしまひょ。万一、わしが源氏物語絵二百巻を完成させられなかった折は、この白河院さまの源氏絵巻を中将さまに差し上げます。仲介の労を取っていただきながらのご無礼には、それぐらい報いなあきまへんやろ」

えっと目を見張った季賢を片手で軽く制し、「その代わり」と宗連は続けた。

「わしの絵巻が完成したら、それを主上に献上できるよう、計らうてくれはらしまへんか」

「なに、せっかくの絵巻を献上いたすのか」

「へえ、わしはただ、この絵巻にも劣らぬ源氏絵巻を作りたいだけ。聞けば今度の当今さまは、まだ十八歳のお若さやのに、優れた学才をお持ちとか。そないな方に絵巻を愛《め》でてもらえたら、これ以上の喜びはありまへん」

低い呻《うめ》きとともに、季賢は腕を組んだ。

宗連が資金難から、絵巻制作を中断するとは考え難い。危惧《きぐ》すべきは、古稀《こき》を超えた彼の寿命が途中で尽きること。だがそれも画料を先払いさせ、画師《えし》・絵詞筆者を季賢が把握すればなんとかなろう。

（むしろ途中でおかくれ（亡くなる）になってくれれば、そのどさくさに紛れて、あの絵巻を我がものにできよう）

仮に宗連が息災としても、新絵巻の制作さえ手伝っていれば、白河院の絵巻を略取する機会は訪れるはず。季賢は強張った笑みを頬に刻んだ。

「あいわかった。しかし詞書は摂関家さまに頼むとして、絵は誰に描かせる。こなたでよかったら、絵柄の相談に乗ってつかわすぞ」

「本当どすか。それは助かります」

これほど素晴らしい絵巻が賤《いや》しい地下人の手に渡ったままでは、泉下の白河院もさぞ嘆かれよう。

美しいものは、それに相応《ふさわ》しい場所に置かれてこそ、初めてその真価を発揮する。ましてや、過ぎ去った王朝時代を華麗に描いた源氏物語絵巻なら、なおさらだ。皇統と朝廷の権威を少しでも強めるためにも、あの絵巻は禁中にこそ置かれねばならぬ。

目まぐるしく頭を働かせながら、季賢はかたわらの火桶に再び手をかざした。あれほど凍えていた指先は、いつの間にか炭火を温《ぬる》いと感じるほど、熱く火照っていた。

三

翌日から宗連は、白河院の源氏絵巻を一巻ずつ携え、四辻家を毎日訪れるようになった。

「ご覧くだされ、この『柏木《かしわぎ》』巻の素晴らしいこと。額に手を当ててはる上皇さまなぞ、御悩がこっちまで伝わってくるようやあらしまへんか。わしの絵巻でも、この場面を真似しようと思うんどすけど、いかがでっしゃろ」

褒めそやしながら広げる絵巻は、どの巻も息を呑《の》むほどの出来栄えであった。しかしいずれ帝に献上するとなれば、新たな絵巻の出来も気にかかる。少しでもいいものをと心逸《こころはや》り、季賢はつい絵の構図や画題にまで口出しせずにはいられなかった。

「せっかくの大部の絵巻じゃ。通常は省く儀式の場面も、詳細に描かせようぞ」

「ですが、中将さま。絵を任せたのは、土佐家《とさけ》で修業を積んだ、多田承栄《ただしょうえい》いう絵師の絵所《えどころ》(工房)。花鳥風月や人物は得意どっしゃろけど、ご禁裏の儀式などよう描かへん思います」

「なんじゃと、町絵師に仕事を頼んだのか」

「へえ、なにしろ二百巻もの絵巻を描くには、膨大な人手が要りますさかい。扇承栄とも呼ばれる承栄はんの絵所には、常時二十人もの手練《てだれ》の扇絵師が詰めてます。あそこに任せたら、二百巻の絵巻も二、三年で仕上げまっしゃろ」

(こ……これだから地下は、役に立たぬ)

思わず荒らげそうになる声を飲み下し、季賢は両の手を拳《こぶし》に変えた。

なるほど土佐派はやまと絵を得意とし、狩野家《かのうけ》とともに人気を二分する画派である。だがいくらその門弟と言っても、市井の町絵師が内裏の有様を詳細に描けようものか。

禁裏には御所内の絵画を一手に担う、禁裏絵所という部署がある。その預《あずかり》(長官)・土佐左衛門光起《さえもんみつおき》は、代々有職故実の知識を蓄積してきた土佐派の総領。

今からでも遅くない。承栄とやらを馘首《かくしゅ》し、土佐左衛門に仕事を頼めと季賢は促したが、宗連は意外な頑固さでそれを拒否した。

「一度頼んだ依頼をこっちの都合で取り下げるのは、あまりに非道とちゃいますか。それに土佐左衛門さまはまだお若く、絵師としてはひよっ子同然どす。わしの大事な絵巻を、そんなお方に任せられしまへん」

それにひきかえ、不惑《ふわく》過ぎの多田承栄は、絵師としては脂の乗り切った年齢。洛中洛外はもちろん、遠く堺《さかい》からも様々な注文が寄せられる画人と抗弁されれば、季賢にはそれ以上口出しも出来なかった。

「ただ、今思いついたんどすけどな。ご禁裏絵所には、さぞようけ儀式書があるんどっしゃろなあ」

嫌な予感に押し黙った季賢に、宗連はひと膝、詰め寄った。

「どうですやろ。禁裏絵所の書物を、承栄はんにお貸しいただけやしまへんやろか。そしたら承栄はんも、ご禁裏の儀式の礼を上手く描いてくれはりますやろ。――ああ、身分も地位もない相手には無理と仰《おつしや》るんやったら、中将さまのお名前で借りて来ていただいても結構どす」

「なんじゃと。てんごう（冗談）を申すな」

「もちろん、十分なお礼はさせていただきまっせ。年が明ければすぐ、当今さまの即位式どっしゃろ。内々衆となれば中将さまも、新しい束帯《そくたい》やら沓《くつ》やら、色んな物がご入用と違いますかいな」

着るもの一式を新調して即位礼に臨む余裕は、今の四辻家にない。勝手に台所にも出入りする宗連は、この家の米櫃《こめびつ》の様子まで知り抜いているのであろう。その隣大臣家の子息である中院通茂は、すでに美々しい衣装を整えているに違いない。その隣に擦り切れた束帯で並ぶ己の姿を胸に描き、季賢は小さな舌打ちを漏らした。

「あい分かった。こうなったら乗りかかった船じゃ。その代わり承栄とやらに、懸命に絵を描けと伝えよ」

禁裏絵所預は慣例的に左近衛将監《さこんえしょうげん》に任ぜられるため、名目上、土佐左衛門は季賢の部下となる。

しかし務めの間を縫って絵所に顔を出すと、左衛門は垂れぎみの眉《まゆ》をきゅっと寄せ、

「儀式絵でございますか。いったい何のために、それがご入用なのです」

と、丸い顔に当惑を浮かべた。

季賢より十以上年上であるが、気弱げな面差しはおよそ、土佐家総領の威厳から程遠い。そのせいか、老練な一派の門弟たちからも侮られがちとの評判を思い出しながら、季賢はわざと不機嫌な口調になってみせた。

「何のためじゃと。それを告げねば、書物は貸さぬと言いやるか」

「い、いいえ、そういう意味ではございません。ただ昨今、洛中の町絵師どもが、絵所の古典籍を一目見ようと、出入りの堂上家に頼んで借り受けることが増えておるのです。無論、中将さまがそんな不逞《ふてい》の輩《やから》と通じておられると疑っているわけではありませぬが」

この数十年、京では長谷川等伯《はせがわとうはく》、海北友松《かいほうゆうしょう》に代表されるような、既存の画派に属さぬ画人の勃興《ぼっこう》が著しい。それだけに左衛門が神経を尖《とが》らせるのは当然ではあった。

季賢が借りようと考えていたのは、四年ほど前に筆写された「年中行事絵巻」の模本。だがそれを告げるや左衛門は、

「それだけはお許しくだされ」

と悲鳴にも似た甲高い声を上げた。

「なぜ駄目なのじゃ。あの絵巻は、朝廷の用に立たんがため、上皇さま直々に筆写を命じられた一巻。絵所の奥深くに納めたままでは、ご叡慮《えいりよ》にも背こうぞ」

いっそう声を荒らげた季賢に、左衛門はしょぼんと肩を落とした。そしてちらりと周りを見回し、

「これはご内密に願いとうございますが」

とわずかに声を低めた。

「実は最近洛中にて、とある有徳人《うとくにん》が全二百巻の源氏物語絵巻を作ろうとしているのでご

ざいます。制作を請け負ったのは、多田と申すある絵所の棟梁《とうりょう》。その奴は元々悪辣な男として名高いのですが、あまりの仕事の大きさゆえでしょう。ほうぼうの絵所より、腕利きの絵師を引き抜いているのでございます」

「ほ、ほほう。二百巻の源氏絵巻とは、なかなかおひろびろ（豪勢）じゃのう」

四方を書架に囲まれた板間では、六人ほどの絵師が思い思いに下絵を描いたり、小さな石臼《いしうす》で顔料を挽《ひ》いたりしている。はて先日まで、ここはもう少し賑やかだった気がするのは思い違いか。

内心首をひねった季賢に気付いたのか、左衛門はもともと垂れぎみの眉を更に下げた。

「実はこの絵所からも二人が、その奴の甘言に乗りました。きっと禁裏絵所に蓄えられた有職故実の知識欲しさに、二人を誘ったのでしょう。まったく、絵師の風上にも置けぬ不埒《ふらち》者《もの》でございます」

さりながらその二人は駆け出しで、儀式の知識も乏しい。それだけに相手はきっと再び、この絵所に魔手を伸ばすはずだ、と左衛門は珍しくきっぱりと断言した。

「ここにある書物はすべて、ご禁裏を美しく飾るためのもの。どんな成りあがりかは存じませぬが、賤しい地下人如きが作る絵巻なぞの役には立たせてはなりますまい」

土佐派は室町《むろまち》二代将軍・足利義詮《あしかがよしあきら》の世以来、代々、禁裏絵所預を仰せ付けられてきた。ことに左衛門は、永禄《えいろく》十二年（一五六九）の土佐光元《みつもと》の死去によって中絶した絵所預の職を約百年ぶりに奪還した土佐家の正嫡《せいちゃく》である。

それだけに市井の町絵師に競争心を抱くのも、分からぬではない。だがこちらにはこちらの都合がある。

「そもじの言いたいこと、この四辻季賢、よう分かった。なるほど、この世において美しきもの優れたものは、須《すべから》く禁中に入れねばならぬ。それを支える学識も、また同様じゃ」

そもじも知っての通り、と季賢はぐいと胸を張った。

「こなたは先日、主上の内々衆に選ばれた。天下の学芸を荷《にな》う帝の近侍を務めるには、こなたもまた人並み以上の知才を持たねばならぬ。つまりこたび書物を借りんと思うたのは、自らのためではない。更なる学問を積み、朝廷の学識を支えんがためじゃ」

左衛門はしばらくの間、季賢を疑い深げに見つめていた。しかしやがて黒目の勝った眼を光らせると、「わかりました」とうなずいた。

「そうまで仰るならば、お貸ししましょう。されど『年中行事絵巻』は上皇さまのご下命で模写した絵巻。万一損なえば、中将さまとて厳しいお咎めを蒙《こうむ》りまするぞ」

「承知しておる。ひと通り読めば、すぐ返そうぞ」

年中行事絵巻の模本は全十六巻。多田承栄の弟子総出で必要箇所を筆写すれば、十日ほどで返却出来よう。

その日、夕暮れ近くに四辻家に現れた宗連は、季賢が借りてきた絵巻を早速丁寧に広げ

た。ざっと全巻を読み通してから顔を上げ、

「儀式とは、堅苦しいものでございますなあ。これやったら別に絵巻に描かんでもええかもしれまへんな」

とあくびを噛《か》み殺しながら呟いた。

「そもじはうつけか。源氏物語の素晴らしさは、様々な色恋が描かれている点ではない。彼らを取り巻く宮中の四季がさりげない言葉ににじみ、かつての宮城のきゃもじさ（美しさ）を余さず捉《とら》えているがゆえの名作なのじゃ」

いわば源氏物語は、天皇が政治の中枢だった時代の象徴。そして要所要所に出て来る儀式の場面こそが、帝の威光を端的に表していると説かれ、宗連は不得要領な顔でうなずいた。

「わしにはよう分かりまへんけど、そういうもんどすか。ところで中将さま、今日はお忙しゅうございますか。よかったらこれを届けかたがた、わしと一緒に五条《ごじょう》の承栄はんの絵所に行かしまへんか」

「なに、こなたに承栄とやらに会えと申すか」

「へえ、何せ中将さまは、この絵巻のまたとない導き手。一度はお引き合わせせな、わしの気がすみまへん」

冬の陽はすでに西に傾き、薄雲のたなびく空を茜色《あかねいろ》に染め始めている。これから五条ま

で出かければ、帰りは夜になろう。

ただ、土佐左衛門があれほど悪しざまに罵る絵師がどんな男か、気にならないと言えば嘘になる。

承知した、とうなずき、季賢は部屋中に広げられた年中行事絵巻に目をやった。ちょうど膝先の一葉は、四月の賀茂祭《かものまつり》を描いているのであろう。威儀を正した勅使たちが見物の列の前を悠然と進む様が微に入り細に入り捉えられている。

馬上で辺りを睥睨《へいげい》する勅使の誇らしげな顔が中院通茂に似ている気がして、季賢は相変わらず炭の少ない火桶を火箸《ひばし》で乱暴にかき回した。

小さく炭が弾《はじ》け、火の粉がぱっと指に飛んだのにも、気付かぬままであった。


洛東《らくとう》・伏見《ふしみ》街道《かいどう》に面した多田承栄の絵所は、間口の狭い平屋であった。勝手知ったる顔で上がり込む宗連の後に従えば、二十人ほどの男たちがだだっ広い板の間で、一心不乱に扇絵を描いていた。

ある者は面相筆《めんそうふで》で輪郭を取り、ある者はそこに色を差す。数人一組で絵を仕上げる様は、禁中絵所とは対照的な活気に満ちている。そんな彼らの間から立ち上がった初老の男を、宗連は明るい声で季賢に引き合わせた。

「中将さま、こちらが多田承栄はんどす」

「お噂はかねがねうかがっております。土佐右近光則《うこんみつのり》が門弟、多田承栄でございます」

半白の頭を慇懃《いんぎん》に下げた承栄の肩は分厚く、四角い顎《あご》とあいまって、絵師というより野武士を思わせる。節くれだった指にこびりついた顔料の朱が、季賢の目を引いた。

土佐光則は左衛門の父。つまり師弟関係で言えば、承栄は左衛門の兄弟子に当たる。

癖ありげなその風貌《ふうぼう》だけで、お坊ちゃん育ちの左衛門と反りが合うまいと知れる。ひょっとしたら左衛門は、独力でこれほど大きな絵所を営む彼に妬心《としん》を抱いているのではと思いながら、季賢は宗連が背負った年中行事絵巻の箱を顧みた。

「必要な箇所には、紙縒《こより》を挟んである。その部分さえ筆写すれば、おおまかなことは分かろう」

「やれ、ありがたや。これでご禁裏内の様子が、過たず描けまする」

箱を受け取った年配の弟子たちが、棟梁の指示も待たず筆写に取りかかる。そんな彼らを満足げに眺めてから、承栄は季賢を振り返った。

「ところで中将さま、わしの下絵をちょっとご覧くださいませぬか。おかしな点があればご指摘いただきたく存じます」

言いながら取り出した十数枚の紙束を、彼は季賢と宗連の前に置いた。

もっとも上の一枚は、「桐壺」巻の冒頭、光源氏誕生の場面であろう。嬰児《えいじ》を抱く若い女と、次の間に控えた十二単《じゅうにひとえ》の女房たちの姿が、皇子誕生の喜びを如実に表していた。

次なる一枚は、源氏の袴着《はかまぎ》の場面か。角髪《みずら》を結い、狩衣《かりぎぬ》を着した少年が、御簾《みす》の向こうにおわす帝に見守られながら、束帯姿の公卿に対している。殿舎《でんしゃ》の外に茂った秋草が、頼りなげに風になびいていた。

「いかがでございましょう。素描ゆえ、至らぬところも多いかと存じますが」

そう言いながらも、承栄の声には隠しきれぬ自信がにじんでいる。

建物のところどころに奇妙な箇所はあるが、下絵はいずれも緻密《ちみつ》で、平安の昔の雰囲気をよく伝えている。これに色を差し金泥を施せば、さぞ華やかな源氏絵になろう。

（されど――）

あの白河院の絵巻を見た後では、どんな絵も色あせて映る。季賢は小さく唇を嚙みしめた。

構図の巧みさや精緻さは、承栄の下絵の方がはるかに優れている。画一的な引目《ひきめ》鉤鼻《かぎばな》ばかりの白河院の絵巻に比べ、人々の表情も豊かである。

だが白河院の源氏絵には、そんな些事《さじ》を忘れさせるほどの伸びやかさと迫力が横溢《おういつ》していた。決して承栄が下手なわけではないが、宗連はこんな月並な絵で満足なのか。

（いかん、これでは主上や上皇さまにご満足いただけぬ）

季賢同様、新帝や上皇も源氏絵には目が肥えている。何の目新しさもない絵巻を献上しても、すぐ禁裏の蔵深くに仕舞い込まれるだけ。なんとしても彼らの目を惹《ひ》きつける、新しい工夫をせねば。

「承栄、下絵はもう他にはないのか」

季賢の声に、承栄は更なる紙の束を取り出した。

晩秋の庭に牛車《ぎっしゃ》が止められているのは、第十帖「賢木《さかき》」巻の冒頭、伊勢《いせ》斎宮《さいぐう》となった娘と野宮《ののみや》に移った六条《ろくじょう》の御息所《みやすどころ》を、源氏が訪ねる場面らしい。桐壺帝の崩御、朧月夜《おぼろづきよの》尚侍《ないしのかみ》との逢瀬《おうせ》、藤壺《ふじつぼ》中宮の出家の決意を描いた数枚の下絵を素早くめくり、

「これじゃ、この箇所をもっと目立たせるのじゃ」

と、季賢は大声を上げた。

それは源氏が朋友《ほうゆう》・頭中将《とうのちゅうじょう》と、漢才を競う韻塞《いんふた》ぎに興じる場面であった。更に次の一枚では、賭《か》けに負けた頭中将が、人々を招いて宴席を設けている。

「こない地味な場面を、大きく描くんどすか」

「そうじゃ。この箇所は父帝に死なれ、宮廷に居場所を失った源氏が、無聊《ぶりょう》を慰める部分。ここをもっと引き立たせれば、退屈な場面にも別の意味が出て参るわい」

漢才は古来、ともすれば政治批判の具に用いられてきた。つまり韻塞ぎの場面は鬱勃《うつぼつ》たる源氏の反逆心の暗喩《あんゆ》であり、一説にはその後の宴席は、世に容《い》れられぬ人々の密謀の場とも言われている。

しかもこの宴《うたげ》で源氏は、自らを『史記《しき》』に描かれる周国《しゅうこく》の功臣・周公旦《しゅうこうたん》になぞらえる。

文王《ぶんおう》の四男である周公旦は、兄の武王《ぶおう》亡き後、その遺児たる成王《せいおう》を補佐した人物。つまり源氏はここで、兄である当今・朱雀《すざく》帝を武王に、彼の東宮である後の冷泉《れいぜい》帝を成王に見立てたのであった。

「文王を後水尾院さまに当てはめれば、武王は先日亡くなられた後光明帝、そして周公旦は当今たる良仁さまとなる。つまりこの韻塞ぎと宴席は、今のご禁裏にそのまま通じる場なのじゃ」

帝や公家が、幕府に反逆心を抱いているわけではない。さりながらこの箇所を大きく扱えば、見る者はこれを、朝堂《ちょうどう》の権威と学芸振興が結び付いた今日の内裏の隠喩と考えよう。そして新たに帝となった良仁親王を源氏と重ねることで、輝く日の如き天皇の権威が『源氏物語』によって強化されていると認識する。そうすればこの宗連の絵巻は、現在の帝を描く作品へと変貌するに違いない。

どう足掻《あが》いても、新絵巻は白河院のそれに遠く及ばない。それでもなお絵巻を作るのであれば、それは連綿と続く宮廷の伝統を誇示し、学芸の体現者たる帝の威光を知らしめるものでなければならぬ。

我ながら斬新《ざんしん》な計画に、武者震いが走る。

白河院の絵巻が何のために作られたのか、季賢は知らない。さりながら王朝の華やかさを余さず伝える源氏物語は、『古今和歌集』と並ぶ本邦学芸の精華。そう、自分はこの源氏物語絵巻を、今の朝廷を権威づける道具と成すのだ。そうすれば歌才ゆえに重用される中院通茂も、自分をもはや見下せはすまい。

「さすが中将さま、わしらとは目の付け所が違わはりますなあ」

宗連が嬉しげに膝を叩いた。

「下絵はこなたがすべて、眼を通そう。出来た端から、屋敷に持って参れ」

己の発案に酔いしれてつい言った季賢に、「それはありがとうございます」と承栄は軽く頭を下げた。

「実はすでに、桐壺から花散里《はなちるさと》まで十一帖分の下絵が出来ております。それがしには願ってもないお言葉、ぜひすべてご覧ください」

「なんじゃと、もう十一帖も描いているのか。そもじはえらく筆が早いのう」

恐れ入ります、と承栄はもう一度低頭した。

「されどそれほどとなると、すぐに目を通すのは難しい。とりあえず今日は数帖分を持ち帰り、後日、また続きを検《あらた》めようぞ」

「承知いたしました。ところで中将さま、むさ苦しいところではございますが、これよりお近づきのしるしに、一献、お上がりいただけませぬか。源氏物語についても是非、ご高説を拝聴いたしたく存じます」

「おお、それは殊勝《しゅしょう》な。苦しゅうない、幾らでも語って聞かせるぞよ」

普段なら、こんな市井の絵所での饗応《きようおう》など受けはしない。思いがけぬ名案が、季賢の気持ちを高ぶらせていた。

いつしか日は暮れ、絵師たちは帰り支度を始めている。彼らの間を縫って、承栄は季賢たちを庭に面した一間に導いた。

「大したおもてなしも出来ず、お恥ずかしい限りでございます」

そう卑下しつつも、間もなく供された鴨の吸い物や蓮根《れんこん》の白和《しらあ》えといった肴《さかな》は、四辻家でも滅多にない馳走《ちそう》であった。ひょっとしたら宗連が前もって承栄に銭を渡し、酒肴《しゆこう》の支度を命じていたのかもしれない。

知識に貪欲《どんよく》な質《たち》なのか、承栄は季賢が語る源氏物語の解釈を、片っ端から手控えに書き留めている。このように熱心な画人に、宗連の財力、それに自分の知識が加われば、必ずや素晴らしい絵巻が出来上がるはず。そしてそれが献上された暁には、己は他の内々衆から一目置かれる存在となるに違いない。目の前に広がる明るい展望に、季賢の心は更に浮き立った。

(それにしても、宗連も変わった男じゃ)

大金を投じて絵巻を制作するばかりか、それを惜しげもなく献上するとは、太っ腹にも程がある。いつかその正体を聞き出さねば、と考えながら盃を重ねるうち、夜は深々と更け、宗連はいつ終わるとも知れぬ二人の話に飽きたらしく、手枕で鼾《いびき》をかき始めた。

北端に方広寺《ほうこうじ》、南端に伏見城《ふしみじょう》を擁する伏見街道は、京と伏見をつなぐ一里半ほどの道。何分まだ開削から間もない新道だけに、通りには数えるほどしか家がない。

打ち捨てられた桶が、北風に煽《あお》られて転がりでもしたらしい。裏庭を囲む板塀が、がたん、と耳障りな音を立てる。その響きにのろのろと起き上がった宗連が、喉《のど》の奥まで見える大あくびを漏らした。

「やれやれ、すっかり酒を過ごしてしまいましたわい。えろう冷え込んできました。今宵《こよい》はぼちぼち失礼しまひょか」

その言葉に、承栄が住み込みの弟子に駕籠《かご》を探しに行かせた。しかしすでに子《ね》の刻近いせいか、待てど暮らせど弟子は戻ってこない。

「しかたありませぬ。ちょっとわしも見て参ります」

ありあわせの提灯《ちょうちん》に火を入れた承栄が、庭を横切り、木戸から裏路地へと出て行ったその時である。

「うわっ、おぬしら、何をするんじゃ」

野太い声とともに、板塀がまたどんと揺れた。

何者かが承栄ともつれ合っているらしい。提灯が地面に落ち、あっという間に焔《ほのお》を上げて燃え上がるのが、開けっ放しの木戸の向こうに見えた。

「承栄はん、どないしはりました」

はっと顔色を変えた宗連が、足袋裸足《たびはだし》のまま庭に駆け降りた。

「中将さまはそこにいとくれやす。決して、表に出たらあきまへんで」

とはいえ、今や奥の間に残るのは季賢のみ。しかも木戸の向こうではまだ、承栄と何者かが取っ組み合っている。

ここに一人置いて行かれる方が、かえって恐ろしい。季賢は一度に酔いの醒《さ》めた気分で、おそるおそる庭に下りた。

裏木戸から亀のように顔を突き出したのと、顔を手拭《てぬぐ》いで覆った男が目の前に転がってきたのはほぼ同時。うわっと悲鳴を上げて尻餅《しりもち》をついた目の前で、宗連が逃げようとする男の背に飛びかかった。

ぶんぶん振り回される腕をねじりあげ、あっという間にその場に押さえ込む。およそ老人とは思えぬ、素早い動きであった。

これまた宗連が捕えたのか、木戸の傍らには、まだ十三、四と思《おぼ》しき少年が大の字になって気を失っている。

男の背に馬乗りになり、宗連はがらがら声を張り上げた。

「承栄はん、縄、縄はありまへんか」

揉《も》み合った際に殴られたのか、承栄は板塀の下で額を押さえて呻いている。それでも震える手で懐から引っ張り出した手拭いを、宗連はひったくって大きく裂いた。男と気絶したままの少年を手早く縛り上げた。

　ふと気づくと、尻の下がじんわり濡《ぬ》れている。見回せば、辺りには強い油の匂いが満ち、竹筒が三本、栓を抜かれて転がっていた。

　冷たいものが一度に、季賢の背筋を駆けあがった。

「ひ、火付けか」

「どうやらそのようどす。さっきの提灯の火が移らなんだんは、不幸中の幸いどしたな」

　憎々しげな宗連の声を、激しい北風が吹き散らした。

「たまたまとはいえ、中将さまがいてはる最中、付け火を目論《もくろ》むとはとんでもない奴らどす。どれ、奉行所に突き出す前に、顔ぐらい拝ませていただきまひょか」

「ちゅ、中将さまだと」

　どこか間抜けな高い声が、うつぶせに転がされた男の口から漏れた。

　はて、この声には聞き覚えがある。男に這い寄った季賢は、その顔を覗《のぞ》き込み、ぎょっと目を見張った。

「そもじ、土佐左衛門ではないか」

「なんやて、土佐さまですと」

　男の背に尻を下ろしていた宗連が、ぎょっと腰を浮かせた。

　間違いない。手拭いで隠してはいるが、丸々と肉のついた面差しはまさしく、絵所預の土佐左衛門のそれである。

「そう仰られるのは、四辻の中将さま。なぜ、こないな奴の絵所においでなのです」

言いさして、ある可能性に思い至ったのであろう。締まりのない白い顔が真っ赤に染まり、次には見る見る血の気を失って青ざめた。

「まさか、中将さまは承栄めに見せるため、年中行事絵巻を借りて行かれたのですか」

声を震わせる左衛門の背の上で、宗連が大きくうなずいた。

「おお、その通り。つまりあんたさまはもう少しで、あの絵巻をご自分たちの手で焼いてしまわはるところやったんですわ。よかったですなあ、わしがその前に取り押さえて」

「さ、左衛門さま。あなたというお人は――」

震える足取りで歩み寄ってきた承栄が、腰が抜けたように左衛門の傍らに座り込んだ。割れたこめかみから伝った赤いものが、ぼたぼたと地面に滴った。

「絵所預ともあろうお方が、火付けを目論まれるとは。左衛門さまはそんなに、わしが憎うございましたのか」

力のない手で自分の肩を揺さぶる承栄に、左衛門は無言であった。だが突然、腹の底から絞り出すような太い息を吐くと、

「その通りじゃ。おぬしを憎んで、何が悪い」

と血走った目で承栄を睨み上げた。

「画人であれば、一度は源氏絵を描きたいと思うのは当然だ。本来なら総領たるわしにこそふさわしい仕事を、一派を離れたおぬしに取られたとあっては、この土佐左衛門光起、腹の虫がおさまらぬ」

しかも承栄が請け負ったのは全二百巻という大部の絵巻。それを承栄に奪われた事実に、左衛門は自分が土佐派頭領に相応しくないと告げられたと思ったのであろう。

憎悪と哀しみが入り混じった左衛門の双眸《そうぼう》には、うっすら涙まで浮かんでいる。それを拳でぐいと拭い、彼は季賢に頭を巡らせた。

「ですが、中将さままでもがその絵巻制作に加担しておられるとは、まったく存じませなんだ。ああ、さようであれば、年中行事絵巻なぞお貸ししなかったものを――」

「その……土佐左衛門さまはこないな真似をしはってでも、源氏物語絵を描きたかったんどすか」

ぽつりと呟き、宗連は左衛門の背中から降りた。縛《いまし》めた腕を手早くほどきながら、「どうでっしゃろ」と柔らかい声で囁《ささや》きかけた。

「そうまで言わはるんやったら、いっそ承栄はんと一緒に、わしの絵巻を作ってくれはりまへんか」

何を言われたのか、咄嗟《とっさ》に理解できなかったらしい。左衛門はぽかんと口を開け、宗連を見つめた。

「正直いうてわしは、まだお若い左衛門さまに源氏絵を頼むんは、不安でなりませなんだ。そやけど左衛門さまのさっきのお言葉で、はたと気づきました。ご禁裏の絵をずっと描いてきはった土佐家のお方を源氏絵作りから外すんは、よう考えたら道理に合いまへんわなあ」

源氏物語は、帝とそれを取り巻く公家社会の権威の象徴。それを隠喩も交えて描くのに、やまと絵の権威である左衛門を抜きにしては、画竜点睛《がりようてんせい》を欠くと言えなくもない。

「どうでっしゃろ。承栄はんのことはお気に召さんかもしれまへん。けど、そこはぐっと堪え、土佐派のご当代として、わしの絵巻に力を貸してくれはりまへんやろか」

「それがしに承栄と手を組めと申すのか」

小声で問い返す左衛門の声には、隠しきれぬ戸惑いがにじんでいる。

（されど――）

季賢は呆然《ぼうぜん》とする左衛門の顔を、素速く横目で窺《うかが》った。

彼は当初はあれこれ言いはしても、いずれ宗連の申し出を肯《うべな》うであろう。何故なら左衛門もまた、禁裏の住人。あの狭っ苦しく、それでいてきらびやかな世界の権威を少しでも守らねばと、日々苦悩している一人なのだから。

己の予感に頬を緩めながら、まだ痛む尻をこっそり撫でる。

また北風が激しく吹き、提灯の燃え滓《かす》をぱっと夜空に舞い散らした。

四

かくして決まった土佐左衛門の参与は、承栄とその弟子たちを一挙に奮起させた。宗連も交えた相談の結果、左衛門を筆頭とする土佐家が手掛けるのは、宇治《うじ》十帖を含めた二十四帖。

土佐家に後れを取ってはならぬと発奮したらしく、承栄は一つの場面に対して四、五枚もの下絵を描き、それを片っ端から季賢に見せるようになった。

一方、左衛門も絵所の絵師を総動員して作画に当たらせたため、宗連の源氏物語絵巻制作の件は、あっという間に禁中の公家の知るところとなった。

そんな絵師たちの姿にもう手本は要らぬと思ったのか、宗連は四辻家に白河院の絵巻を持参することをぱたりと止めた。どれだけ季賢が促しても、言を左右にしてのらりくらりと逃げるばかりであった。

(このままではならぬ。どうにかしてあの絵巻を我がものとせねば)

宗連の新絵巻は、これまでの絵巻とは一線を画した斬新なものとなろう。しかしその素晴らしさは、白河院の絵巻とは質が異なっている。だからこそ今の禁裏を暗喩する新絵巻は、かつての皇権そのものの如く輝かしい白河院の絵巻とともに禁裏に置くべきではないか。

宗連は無理としても、彼の孫や子に掛け合えば絵巻を我がものに出来るかもしれない。そう考えた季賢は、四辻家から帰る彼の後を幾度となく雑掌《ざっしょう》につけさせた。しかし宗連はいつも巧みに尾行を撒《ま》き、決して家の在り処《ありか》を覚らせない。

そんな宗連の態度に、

(いったいこ奴は何者なのじゃ)

と季賢は改めて首をひねった。

そうこうする間にも、絵巻制作は着々と進み、四月初旬には禁中の能筆たちに依頼していた桐壺以下十二巻の詞書が仕上がった。

桐壺・夕顔《ゆうがお》・紅葉賀《もみじのが》・賢木の計四巻の絵が、承栄の絵所で完成したのは、その数日後であった。そこここにふんだんに金泥をあしらった画面は、まさに二百巻絵巻に相応しいきらびやかさ。韻塞ぎと宴席の場面も、季賢の指示を受け、三紙を費やして描かれている。

さりながら新絵巻の制作が順調であればあるほど、白河院の絵巻は季賢の元から遠のくばかり。

(あの絵巻はこのまま、こなたの前から消えてしまうのじゃろうか)

東福門院《とうふくもんいん》和子が禁裏にやってきたのは、そんな焦燥が季賢の胸をじりじりと焼く、初夏のある日であった。

後水尾院の中宮であった和子は四十九歳。同じく禁裏内の仙洞御所に住まう後水尾は、やれ歌会だ立花だと忙しく、和子と夫婦らしいひと時を持つことはない。このため彼女は普段は禁裏の東南に建つ女院《にょいん》御所で、一人、きままな隠居暮らしを楽しんでいた。

新帝・良仁の実母は、後水尾との間に六男四女を儲けた御匣局《みくしげのつぼね》。だが当今は践祚《せんそ》に際して、東福門院の養子となっているため、和子に母の礼を欠かさない。和子もまた、なさぬ仲の若き新帝が心配なのだろう。月に一、二度は、近江《おうみ》を始めとする各所領からの献上物や珍しい書物なぞを携えて禁裏を訪れるのが常であった。

車寄せに付けられた輿《こし》より降り立つと、和子は居並ぶ内々衆を見回し、ご苦労、と言うように小さくうなずいた。そしてもっとも端に蹲踞《そんきょ》していた季賢に、

「これは左中将、主上への近侍はもう慣れましたか」

と柔らかな声を投げかけた。

関東より禁裏に入内《じゅだい》し、すでに三十五年。慣れぬ地で公武の融和に心を砕いてきた和子は、常に笑みを絶やさず、近侍の者に労《ねぎら》いの言葉をかける心の温かな媼《おうな》である。

決まり事にうるさい老公卿たちは、そんな女院を「いつまでもあずま風が抜けぬお方じゃ」と貶《けな》すが、季賢を含めた若い公家の中にはその気さくさを好ましく思う者も多い。居並ぶ内々衆の中からただ一人言葉をかけられたことを誇らしく感じながら、季賢は深く頭を垂れた。

「はい、まだまだ至らぬところも多うございますが、おかげさまでおするすると（無事に）務めさせていただいております」

「それは何より。今後とも帝をよろしく頼みますよ」

ところで、と和子は子犬を思わせる丸い目を細めた。

「左中将は最近、誰ぞが拵《こしら》えている源氏物語絵巻に知恵を貸しておるとか。金紙に銀泥《ぎんでい》で詞書を記した、それは豪奢な絵巻と耳にしましたがまことですか」

噂とは無責任に大きくなる傾向があるが、最近の御所では新絵巻の金主は四辻季賢だの、その巻数は五百巻にも及ぶだのといった話が一人歩きしている。

滅相もない、と季賢はあわてて首を横に振った。

「確かに贅《ぜい》を尽くした絵巻ではございますが、紙や墨はごくおさっとした（普通の）ものでございます。ただ全五十四帖すべてを絵巻にしますゆえ、それはそれはおひしひし（賑やかな）とした絵巻となりましょう。完成の暁には主上に献上致しますゆえ、その折はぜひ女院さまにもご覧いただきとうございます」

「それは楽しみですね。心待ちにしていますよ」

「――とは申しましても」

と、この時慇懃《いんぎん》な声がすぐ近くで上がった。

「絵巻物とはただ巻数が多ければよいものではありませぬ。ましてや源氏の如く大部の物語であれば、詞書も絵も厳選すべきでしょう」

見回せば、居並ぶ内々衆の列の中で、中院通茂が丸く整えた眉の根を露骨に寄せている。かっと熱くなる胸を必死になだめ、

「これは名歌人、通茂どののお言葉とは思えませぬな」

と季賢は強張った笑みを浮かべた。

通常、公卿は貴人《きじん》の前で嫌みなど言わず、またそれに抗弁もしない。だが己の学識を鼻にかけた通茂の態度に、せめて一言、言い返さずにはいられなかった。

「源氏物語五十四帖は確かに長大なれど、一言一句もゆるがせに出来ぬ素晴らしい物語。なればそれを余さず絵巻にして、なんの不都合がございましょう」

「ふん、絵巻は所詮、絵を楽しむもの。ところが季賢どのが尽力しておられるその絵巻は、半分は土佐左衛門が描くものの、残る半分は市井の名もない絵師が手がけるとか。おそらくあまりに絵が下作ゆえ、それを補うべく、絵巻を長大に仕立てられるおつもりでしょう。まったく歌が下手なお方は、なにをさせてもそもじ（お粗末）でございますなあ」

あまりの面罵《めんば》に、目の前が怒りで暗くなる。季賢はわななく両手を強く握りしめた。

「おそらく季賢どのはこれまで、まともな源氏絵巻をご覧になっておられぬのでしょう。せめて絵を見る目が肥えておられれば、かようゆめゆめしい（情けない）ことはなさらなんだでしょうに」

「す、優れた源氏絵巻ぐらい、こなたとて見ておりまするぞ。それが証拠にわが方には、あの白河院さまがお作りになられた源氏絵巻がございまする」

「なに、白河院さまの源氏絵巻ですと」

通茂ばかりか、他の内々衆までがどっとどよめいた。

その声の大きさに、なぜこんなことを口走ったのかという悔いが、季賢の胸に波のように打ち寄せる。しかし一度口から出た言葉を、今更、取り返せはしない。

白河院の絵巻がなんたるかを知らぬのか、きょとんと眼をしばたたく女院を視界の隅に捉えながら、「さようでございます」と季賢は震える下顎を励ましてうなずいた。

「こなたが絵巻制作に加担するのも、なにを隠そう、白河院さまの絵巻を目にしたればこそ。それゆえ新たなる絵巻が世に名高い源氏絵巻にも劣らぬものになることは、こなたが請け合いまする」

動悸《どうき》を打つ胸とは裏腹に、嘘がすらすらと口から飛び出す。

そんな季賢をじっと見つめ、通茂はううむ、と低く呻いた。

「大坂落城の際、灰燼と帰したはずの源氏絵巻が、なぜ季賢どのの元にあるのか、この通茂、どうしても腑《ふ》に落ちませぬ。それがまことに白河院さまの絵巻であると、検めさせていただけませせぬか」

「なんでございますと」

思わずたじろいだ様に、季賢の言葉は嘘と確信したのだろう。通茂は底意地の悪げな口調で、「是非に」と畳み込んだ。

「なにしろ白河院さまの絵巻は、あの名画人・藤原隆能《ふじわらのたかよし》卿が手掛けたとも称される作。さすれば四辻どのの邸宅深く秘するのではなく、禁中の皆に披露するのが筋ではございませぬか」

「左中将、その絵巻、ぜひわたくしも見たいものです」

それまで無言であった和子が、突然、話に割り込んできた。

ますます血の気を失った季賢に気付いているのかいないのか。品のいい顔をにこにことほころばせ、華やいだ口ぶりで続けた。

「四辻の屋敷は、禁裏からそう離れておらぬはず。すぐに使いをやり、絵巻をここに運ばせなさい」

「で、ですが、女院さまや帝をお待たせしては、如何《いか》にも申し訳のうございます。かなうことなら日を改め、女院御所にお持ちいたしましょう」

懸命に抗弁する季賢に、和子はいいえ、と小さく首を横に振った。

「わたくしはちょうどこれより、主上と能を見るのです。今から使いをやれば、ちょうど一曲終わった頃、絵巻が届きましょう。よろしく頼みますよ」

そう言い放つなり、和子はさっと踵《きびす》を返して長廊《わたどの》を歩み去った。

青ざめた顔で立ち尽くす季賢に好奇の目を注ぎながら、内々衆たちがその後を早足で追う。最後に中院通茂がふんと鼻を鳴らして長廊の向こうに姿を消すと、季賢は白々と磨き上げられた板廊に、がっくりと両手をついた。

（も——もう、四辻家はおしまいじゃ）

幾ら通茂の雑言に耐えかねたとはいえ、他人の絵巻を我がものと言い張るとは、大嘘にもほどがある。しかも宗連を拝み倒してこの危難を切り抜けようにも、肝心の彼の住まいすら分からない。

ひょっとしたら、と微かな期待を抱いて四辻家に戻ってみたが、こんな日に限って宗連はなかなかやってこない。

半刻ほど、焦《じ》れながら屋敷で宗連を待った挙句、

「もし宗連が参ったら、急ぎ禁裏にこなたを訪ねて来いと伝えるのじゃ。よいな」

と命じて、季賢は禁裏に戻った。

「遅うございますよ、左中将どの。女院さまがお待ちでございます」

顔見知りの女房《にょうぼう》に小言を言われながら奥へと伺候した頃には、季賢の下帯は冷や汗でぐっしょりと濡れそぼっていた。

逃げ出したくなる思いをこらえて二の間に畏《かしこ》まれば、上段の間では脇息《きょうそく》にもたれた女院が帝と笑い合っている。

人払いを命じているのか、近侍しているのは中院通茂ただ一人。真っ青な顔で頭を下げた季賢に、

「お待ちでございますぞ、中将どの。絵巻はお持ちになられましたのか。それと思しき箱が、見当たりませぬが」

と問う彼の顔には、鼠をいたぶる猫に似た残忍な表情が浮かんでいた。

「おお、左中将。今、女院さまから、そなたが白河院さまの源氏絵を見せてくれると聞いたところじゃ。さあ、何をふたふた（落ち着かないさま）しておる。早う絵巻を出さぬか」

あまりの畏《おそ》れ多さに、ぱっと顔を輝かせる帝をまともに直視できない。

「そ——それが」

「それがいかがした」

子どものように勢い込む帝の横顔を、和子は微笑して見つめている。

ええい、なぜ自分はこんな途方もない嘘をついてしまったのか。叶《かな》う事であれば今すぐ己の舌を引っこ抜きたい気分で、畳に額をこすりつけたときである。

ぱたぱたと軽い足音が背後で起こると、

「女院さま、女院さま」

と、先ほどの女房の声が響いた。

「杉原出雲守《すぎはらいずものかみ》宗連さまが、女院さまにお目通りを願っておられます。白河院さまの源氏絵

巻を、主上にお目にかけたいと――」

えっと声を上げたのは、季賢だけではない。ことの成り行きをうかがっていた中院通茂までが、尻を浮かせて背後を振り返った。

（杉原――出雲守宗連じゃと）

聞き覚えのない姓に季賢は耳を疑った。どういうことだ。宗連はただの宗連、市井の豪商の一隠居ではなかったのか。

しかしやがて女房に先導されて現れたのは、間違いなくこれまで毎日四辻家に姿を見せていたあの宗連であった。激しい混乱に襲われる季賢にはお構いなしに、彼はくたびれた半袴《はんばかま》の裾《すそ》をさばくと、妙に洗練された仕草で主上と女院に挨拶を述べた。

「これは宗連、左中将に成り代わり、源氏絵を持って来てくれたのですね」

「はい、長い間お貸しいただき、ありがとうございました。そろそろお返しいたさねばと思いながら、ついつい不調法を致しました」

いつもの町衆訛《まちしゅうなま》りがまったくない物言いに、季賢は目の前の男が別人ではないかとすら疑った。

いやそれ以前に、今の女院の言葉はどういう意味か。後水尾院の歌会にも呼ばれる宗連が和子と面識があるのは不思議ではないが、これではまるで白河院の絵巻が女院の所有物であるかのようではないか。

一抱えもある桐箱が控えの間から運び込まれると、和子はしばらくの間、何か考えるようにそれを見つめていた。だが不意に通茂に、

「この部屋は日が当たらぬゆえ、絵巻を見るのに障りがありましょう。別の間に絵巻を運び、そこにて帝に絵巻をご覧いただきなさい」

と有無を言わさぬ口調で命じた。

通茂はもともと白い顔を更に青ずませて、突然現れた宗連を凝視していた。しかし和子の命にはっと応じ、桐箱を奉じて立ち上がった。

「主上、わたくしはもはや、白河院さまの絵巻は嫌というほど見ております。どうぞ通茂とともに、あちらでご覧くださいませ」

うん、とうなずいて、帝が立ち上がる。その姿が板戸の向こうに消えたのを見送り、和子は女持ちの扇で口許を隠し、小さな含み笑いを漏らした。

「美しいものは、更に美しいものを作る種となります。あの源氏絵を見た左中将が助言をしたのであれば、新絵巻はさぞ素晴らしいものになりましょう。主上にそれが奉られる日が、わたくしは今から楽しみです」

「女院さまの仰られる通り、左中将さまはそれはそれは素晴らしい示唆をそれがしにくださいましたぞ。いやはや、それもこれも女院さまのご慧眼《けいがん》ゆえと、この杉原出雲、つくづく感心いたしております」

宗連が口元に笑みを浮かべながら、大きくうなずいた。

身にまとっているものは相変わらずしおたれているが、その居住まいは悠然として、いつもの厚かましい隠居の影はない。

何が何やらまったく分からぬ季賢に、和子が鈴を転がす音にも似た笑い声を上げた。

「そうそう、左中将は出雲守のことを詳しく知らぬのですね。この者は杉原出雲守宗連、またの名を俊忠《としただ》と申し、豊後国日出藩主《ぶんごのくにひじはんしゅ》・木下延俊《きのしたのぶとし》どのの弟御。豊大閤《ほうたいこう》秀吉さまのご正室、高台院《こうだいいん》さまの甥御《おいご》に当たります。どういうわけか三十そこそこで致仕《ちじ》なさり、以来数十年、市井の気まま暮らしを楽しんでおられる、酔狂な御老体です」

「こ、高台院さまの甥御さま——」

「そうです。それにしても左中将、いくら白河院さまの絵巻に魅せられたとはいえ、新絵巻への尽力、ご苦労です。そなたが新たなる絵巻のために考案した創意工夫は、すでに出雲守より聞きました。かような発案は、絵所の者では思いつかなかったでしょう。それでこそ新絵巻の制作を、出雲守に任せた甲斐《かい》があるというものです」

あまりの成り行きに、どう答えればいいのか分からない。ただただ目を見開いた季賢に、和子は小さく目元を和ませた。

「まだ気付かぬのですか。新絵巻の願主《がんしゅ》は、このわたくし。諸芸の中枢たるこの禁裏にふさわしい新たな絵巻を作らんがため、出雲守に委細を任せたのですよ。まあそれにしても通茂の悪口のひどさと来たら。あまりの腹立たしさに、ついそなたに事の次第を明かす気になってしまいました」

「で、では、白河院さまの絵巻も宗連――あ、いや、出雲守さまの所蔵ではなく――」

「あれはわたくしが京に嫁ぐに際し、父上さまからいただいた絵巻です。父上さまによれば、大坂落城の折、蜂須賀《はちすか》家《け》の者が火中より救い出した品とか」

隣室で絵巻を広げ始めたらしい。杉戸一枚隔てた向こうで、押し殺した歓声が上がった。それにちらりと耳をそばだて、和子は静かに言葉を続けた。

「源氏物語絵巻は帝と公家の権勢の表れ。それだけに白河院さまの絵巻は、本来ならご禁裏に置かれるべきなのかもしれませぬ。ただ知っての通り、今やこの国の政を担うのは、京ではなく江戸です。さすればこの禁裏に真にふさわしいのは、帝の権勢そのものの如き白河院さまの絵巻より、学芸を牽引《けんいん》する帝を賛仰《さんごう》する別の絵巻。そう考えたわたくしは、長らく背の君にも、あの絵巻の存在を隠しておりました。そして先立って、思いがけず良仁さまが帝位を踏まれると定まったとき、新帝の権威をより当世風に高めるためには、帝を源氏に仮託するのが一番。そのためにも、やはり禁裏には新たな源氏絵巻が必要と思い、宗達どのを頼ったのです」

和子の母は、徳川秀忠に嫁ぐ以前、豊臣秀吉の養子・秀勝《ひでかつ》の妻として過ごした時期がある。つまり宗連と和子は、豊太閤を仲立ちとした血の繋《つな》がらぬ従兄妹《いとこ》同士。そう教えられてみれば、諸芸に通じ、市井の動向にも詳しい彼に、和子が新絵巻の制作を依頼したのは当然と思われてきた。

「ですが絵巻の制作であれば、女院さまが直《じか》に絵所に命じられればよいこと。何故わざわざ、かような煩雑な真似をなさったのです」

つい口にした問いに、和子は答えなかった。代わりに口元にかざした扇を膝《ひざ》に置き、遠くを見るようにまたも眼を細めた。

(ひょっとして――)

先ほど和子は、この禁裏と帝のために新絵巻を作ろうと思い立った、と言った。

祖父・季継がそうであったように、江戸から来たこの女院を忌避する公卿は、禁裏にまだまだ多い。そして現在、女院御所とは別棟の仙洞御所に起居する後水尾院もまた、夫婦とはいえ和子とはどこか疎々《うとうと》しいままである。

ひょっとして女院は禁裏そのものの権威を高めると共に、夫が目指す学問による公儀の復権を新たな絵巻で助けんとしたのではないか。

だがそれを徳川の娘である女院がおおっぴらに行わせては、後水尾の矜持《きょうじ》に傷がつく。そこであえて市井に下った宗連にこの事業を委《ゆだ》ね、自らは黒子に徹した。そう、禁裏の威厳を懸命に守ろうとする夫に、陰ながら手を差し伸べるために。

――女房が亭主の文句を言うんも、夫の身を案じればこそ。そう考えれば憎たらしい従妹も、何やいじらしゅう見えてきますわい。

いつぞや宗達が漏らしていた、二十歳も年下の従妹の愚痴が脳裏をよぎる。まったく、あの町衆言葉のせいで、すっかりだまされた。

遥《はる》かなる関東より京に嫁ぎ、三十余年。この小柄な女院は未《いま》だ己を受け入れぬこの禁裏と夫を、それでも愛《いと》おしく思っているのであろう。そうでなければかような策略を巡らしてまで、公家の権威を高めようと腐心するまい。

(源氏物語絵巻、か——)

源語第一帖「桐壺」は、源氏の誕生から元服までを描いた巻。もし当今を源氏に準《なぞら》えれば、その母たる更衣は目の前の和子となる。

幼い源氏を残して病没した後も、その美しさのあまり、帝の心を捕らえ続けた桐壺更衣。だがそんな帝と更衣の仲は、現実の後水尾院と和子のそれとはあまりに程遠い。

このときからりと杉戸が開き、広げた絵巻を手にした帝が、興奮した顔で戻ってきた。和子の膝先に絵巻を延べ、嬉しげな声を張り上げた。

「女院さま、この絵巻はまことにおよしよし(素晴らしい)でございますなあ。特にこの元服図のきゃもじなこと。左中将、おぬしが作らせている絵巻も、このようにおひろびろな作のか」

どう答えるべきかとの逡巡《しゅんじゅん》が、一瞬、胸をよぎる。だが季賢は深く息を吸うと、はい、と大きく胸を反らせた。

「さようでございます。必ずや見劣りのせぬ、輝く日の如き絵巻となりましょう」

宗連がにやり、と老獪《ろうかい》な笑みを浮かべ、和子と小さくうなずき合う。

女院のその愛らしい姿が季賢の胸の中で、いつか見た源氏を抱く桐壺更衣の絵と一つに溶け合った。

この因習に囚《とら》われた禁裏で、それでもなお自分なりの方法で夫を支えようとする和子。彼女がいつか、桐壺更衣のように深く後水尾院に愛される日がくればいい、そう季賢が念じたとき、帝が更に絵巻を大きく広げた。

色の洪水が和子の膝先を覆い、その照り返しがその小さな顔を華やかに染め上げた。

しらゆきの果て

いつも日が傾くのを待たずに餌をねだりに来る三毛猫のおこんが、今日に限っては増上《ぞうじよう》寺《じ》の鐘が六つを知らせても姿を見せない。

「ちぇっ、どうせよそのお宅で鰯《いわし》でも食わせてもらってるんだろ。これだから畜生は恩知らずだぜ」

喜平治《きへいじ》は扇面《せんめん》に走らせる筆の手を止め、西陽の射し入る土間に目を投げた。昼飯ついでに欠茶碗《かけぢゃわん》に投げ入れた煮干しが数匹、食われぬままに蠅にたかられていた。

喜平治の暮らす芝田町《しばたまち》の裏長屋は、袖ケ浦《そでがうら》から目と鼻の先。それだけにようやく端午《たんご》の節句を過ぎたばかりにもかかわらず、門口から吹き込む風は湿気を孕《はら》んで暑苦しい。額に浮かんだ汗を拳《こぶし》で拭《ぬぐ》い、喜平治は顔料皿の端で筆の穂先をしごいた。

先月の末、両国《りようごく》の扇商から頼まれた扇面画の仕事は、二十四節気にちなんだ画題の扇絵を三組描けというもの。すでに六十の坂を越えた喜平治にはいささか厄介な依頼であったが、七つ年上の師匠、宮川長春《みやがわちょうしゅん》から回されたものとあっては否とは言い難かった。

「まったく、こんな細々した仕事なんぞ、断っちまえばよかろうに。あのお人は幾つになっても、人がいいんだからよ」

「誰がお人好《ひとよ》しだって？」

土間にぬっと、影が差した。色白の腕に三毛猫を抱いたその姿に、「なんだ、長助《ちょうすけ》さんですかい」と喜平治は筆を置いた。

「なんだとはご挨拶《あいさつ》だなあ。それより店先で干していた魚を取られたとかで、そこの煮売り屋の親父が目を吊《つ》り上げて女房を叱っていたぜ。おおかた、こいつの仕業なんじゃねえか」

上がり框《がまち》に下ろされたおこんは土間の茶碗の中の煮干しには目もくれず、満足そうに毛づくろいをしている。しかたねえですよ、と喜平治は苦笑した。

「猫ってのは、そういうものです。それにあっしだって、もういい年だ。いつまでこいつに餌をやれるかわからねえし、それぐらい図太い方が安心ってもんでさあね」

「おいおい。そんな物言いはまだ早えだろう。親父だって、腰が痛えの目がかすむだのと言いながら、毎日仕事に励んでいるぜ」

「そりゃあ、長春先生は今や、押しも押されもしねえ宮川派の頭領ですからね。ちっとやそっとで泣き言を言われちゃ困りまさあ」

違えねえ、と笑った長助は画号を宮川長亀《ちょうき》と言い、浮世絵師・宮川長春の一人息子。長春の一番弟子として一笑《いっしょう》の画号を持つ喜平治にとっては、弟弟子であった。

少年の頃に尾張《おわり》から江戸《えど》に上り、諸流の門を経巡って絵の腕を磨いた長春は、今日の江戸では美人画を手掛けさせれば右に出る者がない名人である。いつも笑みを絶やさぬ穏和な人柄を映したかのように、彼の手になる美人画は品がよく、小袖《こそで》の柄や櫛笄《くしこうがい》、背景にまで細やかな筆が施されている。武張った狩野《かのう》派《は》や古典的な土佐《とさ》派の絵とはまったく異質な流麗さに加え、版画を嫌い、肉筆画しか描かぬこともあって、その作には二十両、三十両の値がつくこともあった。

一方で長春は苦労人だけに義理堅く、六十九歳になった今も昔の恩を決して忘れない。ことに青年期に門人として学んだ稲荷橋《いなりばし》狩野家に対しては、当主が代替わりをしてもなお弟子の礼を尽くしているし、両国の扇屋からの依頼を断り切れずに喜平治に回したのも、若かりし頃からの縁故ゆえであった。

「ところでよ、喜平治さん。とうとう見つけたぜ」

「見つけたって何をです」

問い返した喜平治に、長助は父親似の四角い顔をぐいと近づけた。

「前々から親父が捜していた、菱川師宣《ひしかわもろのぶ》の倅《せがれ》をさ」

えっと声を上げた拍子に、手の中から筆が滑り落ちる。だがその穂先が汚した畳の黒さも、今の喜平治の目には皆目映ってはいなかった。

「い、生きていたんですね。どこにいたんです。あの大菱川の息子となりゃあ、もうずいぶんな年でしょう」

「ああ、姿はちらりとしか見ちゃいねえが、とっくに八十は越しているだろうな。ただ、親父がくどくど言っていた眉間《みけん》の黒子《ほくろ》、あれだけはしっかと確かめたから、まず間違いはねえよ」

かつて肉筆美人画の名手として名を馳《は》せた菱川師宣が亡くなったのは、元禄《げんろく》七年（一六九四）の甲戌《きのえいぬ》。今からもう五十年余りも昔である。

長春はその当時、尾張から出てきたばかりで、師宣の工房に使いっ走りの小僧として雇われていた。しかし絵筆を執ることはもちろん、そこで生み出される美人画をまともに見ることも許されぬまま、師宣は死没……。工房は師房《もろふさ》と号する長男が継いだものの、あまりに偉大な大黒柱を失った一派は、あっという間に凋落《ちょうらく》した。そこで長男は筆を捨てて紺屋を始め、長春はしかたなく新たな師を求めて、稲荷橋狩野家に弟子入りしたのであった。

その後、絵師として一本立ちした長春がかつての恩を返そうとしてみれば、師房の紺屋はとっくに潰《つぶ》れ、主《あるじ》は妻子ともども行方知れず。それだけに長春はいつも折に触れ、

「今のわたしがあるのも、すべては師宣先生の工房で働かせていただいたのが始まりだ。師房さまやそのお子が江戸においでとすれば、なんとしてでもご恩返しをしたいのだが

――」

と、弟子たちに語っていたのであった。

とはいえ、お江戸は広い。ましてや店を傾けて行方知れずとなった相手ともなれば、身寄りを頼ってご府内を離れていることも考えられる。

それだけにもっとも年長の弟子でありながらも、喜平治はこれまで長春の繰り言をまともに聞いてこなかった。もう五十年も昔の恩義をまるで昨日の事のようにくどくどと語る師に、軽い苛立《いらだ》ちを抱くことすらあった。

「この間、女房にせがまれて、浅草《あさくさ》の観音《かんのん》さまの縁日に出かけたんだ。その帰りに立ち寄った茶店で、小女《こおんな》に銭をせびりに来ている爺《じじ》さんがいてよ」

小女の年頃は十六、七というから、おそらくは孫娘であろう。ぼそぼそとした口調で銭を求める顔は黄ばみ、垢《あか》じみた手足がその暮らしぶりを如実に物語っていた、という。

「もちろんその時は、そいつが師宣の倅だなんて思わなかったさ。ただ、通り過ぎざまにちらりと目をやれば、その爺さんの面相が親父がいつも話している師房とやらのそれと同じじゃねえか。そこで女房を先に帰らせ、ちょいと後をつけてみたわけだ」

小女から渡された銭を握り締め、老爺《ろうや》はまず大川端《おおかわばた》の酒屋に向かった。通い徳利《とっくり》を大事そうに抱えて出てくると、そのまま姥ケ池《うばがいけ》裏の総泉寺《そうせんじ》の離れに帰って行った。

「寺男に銭を握らせて聞き出したところじゃ、爺さんの名前は吉左衛門《きちざえもん》といい、孫娘と孫息子の三人暮らしらしい。もう何代も昔の住職からの申し送りで、店賃《たなちん》は取らねえ決まりになっているんだと」

「浅草の外れとは、思いがけず近くにいたもんだ。その昔の住職ってのが、師宣の贔屓《ひいき》だったのかもしれねえですな」

毛づくろいに飽きたおこんが、喜平治の膝《ひざ》に前足をかける。今日はもう仕事にならないと諦《あきら》め、喜平治はおこんを抱き上げた。

「けど、見つかったならいいじゃねえですか。師匠に教えてやんなせえよ。きっと喜ばれますぜ」

「喜平治さんはその爺《じじい》を見てねえから、そんな気楽が言えるんだ。なにせ住んでいる離れってのも、縁側のあちこちが腐って穴が空いている有様でよ。あまりにひでえ貧乏暮らしをしている奴ってのは、下手に手を差し伸べたりしちゃあ、放すものかとばかりしがみついてくることもあらあ。なにせ、親父は人が好すぎるからよ」

「まあ、それは確かに。なにせこの間だって、稲荷橋狩野家のご当代からのお声がけに否を言えず、日光《にっこう》くんだりまではるばる出かけて行かれましたからね」

「あれだって、忙しいと言って断りゃよかったんだ。それをまあ馬鹿正直にお供しちまうんだからなあ」

稲荷橋狩野家は、徳川将軍家代々の表絵師《おもてえし》たる狩野家の一派である。長春が師事した寺《てら》沢春湖《さわしゅんこ》が狩野の姓を許されて興した家で、現在は春湖の息子である狩野春賀《しゅんが》が当代に納まっていた。

昨年の冬、ご公儀は初代将軍・徳川家康《とくがわいえやす》の御廟《ごびょう》である日光東照宮《とうしょうぐう》の造替《ぞうたい》を布告し、勘定《かんじょう》方《がた》や作事《さくじ》方を日光に派遣。その際、奥《おく》絵師・狩野英信《ひでのぶ》の名代として検分を申し付けられた春賀は、わざわざ多忙な長春に同行を命じ、江戸の人々を驚かせたのであった。

「あの当代め、うちの親父を自分の家の弟子だと言い立てたいばっかりに、供をさせたに違いねえ。けど親父は文句の一つも言わず、まだ松も取れねえうちからほいほいと出かけていきやがった。すでに春湖先生が亡くなった今、なにもその息子にまで礼を尽くさなくたってよかろうによ」

狩野の姓を名乗り、御家人《ごけにん》格を有してはいても、稲荷橋狩野家は分家のそのまた分家に過ぎない。当然、奥向きの仕事なぞめったに回って来ず、ご府内寺院の障壁画や商家の襖《ふすま》絵《え》の依頼程度がせいぜいである。

それだけに今をときめく宮川長春の師匠筋という事実は、狩野春賀にとってまたとない身の誉れなのであろう。これまでにも一門の宴席に無理やり長春を呼び出したり、取るに足らぬ仕事を押し付けて寄《よ》こしたりすることがあったが、長春はいつも文句一つこぼさぬまま、一回り以上も年下の春賀に、師弟の礼を貫いていた。

そんな長春の気性からすれば、落魄《らくはく》した師宣の息子が金づるとばかりすがってきても、突き放しはできまい。長助の懸念は、至極当然だった。

「とはいえ、見付けちまったものを知らねえ顔もできねえでしょう」

「だからこうして、喜平治さんに相談をかけているんじゃねえか。なあ、親父に話を通す前に一度、姥ケ池裏に行ってくれねえか。その爺さんの気性を検《あらた》めて来てほしいんだ」

「あっしがですかい」

「だって喜平治さんはうちの親父の弟子の中で、もっとも年嵩《としかさ》だもの。なあ、親父を助けると思って、頼むぜ」

長助は片手拝みで、軽く頭を下げた。

「しかたねえなあ。しかし、どうやって話を持ちかけるんですかい」

「浅草のご門前で菓子折りの一つでも買い求め、昔、師宣先生に世話になったことがあるとでも言って出かけて行きゃあいいさ。暮らしぶりを眺め、少し言葉を交わせば、だいたいの気立ては分かろうってもんだしよ」

そこまで策を練っているなら自分が出向けばよかろうと思うが、相手が少年の頃よりよく知っている弟分とあっては、突き放しもできない。

「わかりやした。じゃあ、明日《あした》にでも行くとしましょう」

「ありがとよ、喜平治さん。恩に着るぜ」

翌朝、朝餉《あさげ》ついでにおこんに餌を与えると、喜平治は一張羅の羽織をひっかけて家を出た。

まだ日が昇ったばかりにもかかわらず、東に広がる浜では女たちが網をつくろい、遠くに小舟が帆をきらめかせている。さざ波に砕けた陽が、ちりちりと喜平治の胸元を照らし付けた。

喜平治が弟子入りしたその昔、長春は両国広小路《りょうごくひろこうじ》の傍に居を構えていた。それが芝新堀《しばしんぼり》に転居したのは、長春五十歳の春。そしてその翌年、喜平治は長年連れ添ってきた妻のお千佳《ちか》を亡くし、それまで暮らしていた谷中《やなか》から半ば逃げ出すように師の家の近所に家移りしたのであった。

(早えもんだ。指折り数えてみりゃあ、独り身も二十年近くが経っちまった)

お千佳が生きていた頃は、夫婦の間に子がない事実にもさして嘆きはしなかった。だがこうしてやもめ暮らしが長くなれば、往来の賑《にぎ》わい一つにも身の孤独が染む。

長春はそんな喜平治を気遣い、折に触れては家に招き、まるで家族のように遇してくれる。だがどれだけ行き来が頻繁であろうとも、師は師、弟子は弟子。賑やかな団居《まどい》の席を辞して歩む夜道の暗さ、しんと静まり返った家で床に就く心細さまでわかろうはずがない。

広小路の小松屋《こまつや》で餅《もち》を一箱仕立て、用意の小風呂敷《こふろしき》に包む。潮臭い風に吹かれながら大川端を歩み、今戸橋《いまどばし》を渡った。

姥ケ池はその昔、旅人を襲って金品を奪っていた老婆が、誤って己の娘を殺したことから罪業を悔い、身を投げたと伝えられる故地。とはいえ今は寺と田畑に囲まれた静かな古池で、古の野面を忍ばせる暗さはない。

池に面して建つ総泉寺の僧堂から読経の声が聞こえてくるものの、寺男の姿はない。広い境内の隅、鬱蒼《うっそう》と茂った庭木の陰に隠れるように建つあばらやをそれと見定め、喜平治は足を急がせた。

元は瀟洒《しょうしゃ》な小家だったに違いないが、長助の言葉通り壁はところどころ崩れ、軒端《のきばた》にも青々と草が茂っている。もはやほとんど用をなさなくなっている破れ垣《やれがき》に、これまた形ばかりの柴折戸《しおりと》が荒縄で無理やり縛り付けられていた。

「ええ。ごめんくだせえ、どなたかいらっしゃいやすか」

「はい、どちらさまですか」

訪《おとな》いの声に勝手口から顔を覗《のぞ》かせた娘が、昨日、話に出てきた小女らしい。これから勤めに出るのか、洗い晒《さら》されてはいるがこざっぱりとした木綿の袷《あわせ》を身に着けている。すっきりとした細面が、師宣の絵の女たちにどこか似ていた。

「突然、申し訳ありやせん。あっしは芝田町に暮らす、喜平治と申しやす。先日、浅草の観音さまで菱川師房先生にそっくりのお方をお見かけしまして。ほうぼうで聞き回ったところ、こちらにお住まいのお方ではないかと教えられ、こうしてうかがった次第でして」

「人違いです」

喜平治の言葉を皆まで聞かず、娘は木戸を閉ざそうとした。そのあまりのそっけなさに、喜平治はあわてて敷居際に下駄《げた》の足を突っ込んだ。

「ちょっと、お待ちなせえよ。なにも取って食おうと言うんじゃなし」

「だから、人違いだって言ってるじゃないですか。うちのお祖父《じい》ちゃんは、絵師なんかじゃありませんって」

あんた、と喜平治は血の気の失《う》せた娘の顔を凝視した。菱川派の絵が江戸の人々に忘れ去られた今、まだ年若い娘が師房が画師であると知っているわけがない。

娘もまた、自らの失言に気づいたらしい。細い目をきっと尖《とが》らせ、「とにかく」と声を荒らげた。

「あたしたちには何の関係もない話です。出て行ってくれないと、人を呼びますよ」

「姉ちゃん。どうしたんだい」

薄暗い土間の奥から声がして、まだ十二、三歳と思《おぼ》しき少年が駆けてきた。もみ合う二人に目を丸くする顔付きは、姉とよく似て聡明《そうめい》そうであった。

「あっしはただ、師房先生にお目にかかりたいだけなんです。以前、先生にはひどくお世話になったことがあるんで」

「いずれにしたところで、今のあたしたちには知らないことです。恩がどうこう言うんだったら、さっさと帰ってください」

「ちょっと、姉ちゃん。それはないんじゃないか」

弟が割って入ろうとするのに、娘は「伊平《いへい》はあっちに行ってな」と怒鳴った。その口調の激しさに呆気《あっけ》に取られた喜平治の胸を両手で突き、高い音を立てて、勝手戸を閉ざした。

「おい、ちょっと待ちなって。話ぐらい聞いてくれたっていいだろう」

どんどんと板戸を叩《たた》いたが、内側からしんばり棒でも嚙《か》まされたのか、傾きかけた戸は動かない。

荒れた庭から回り込む手もあるにはあるが、ここまで拒絶された上に力任せに押し入っても、かえって意固地になられるだけである。もみ合う間に押しつぶされた風呂敷包みを小脇に抱え、喜平治は古びた小家をつくづくと眺めた。

師房と思しき老爺には、まだ会っていない。だが少なくともあの孫たちの挙動を見る限り、長春の好意に付け込んで銭をむしり取る悪辣《あくらつ》さはないのではあるまいか。

境内を飛び出すと、喜平治はもと来た道をひた走り、そのまま芝新堀《しばしんぼり》の長春の家へと駆け入った。つぶれて餡《あん》のはみ出した餅の箱を取り次ぎの女中に押し付け、

「突然すみません、先生。どうしても急いでお耳に入れたい話がありやして」

と画室の敷居際に手をついた。部屋の隅で下絵を描いていた長助を目顔で促し、自分の横に座らせた。

「どうしたって言うんだ、そんなに血相を変えて」

喜平治が飛び込んできたことで、事の仔細《しさい》を悟ったらしい。怪訝《けげん》な顔になった長春に、実は、と長助が身を乗り出した。

師房と思しき老爺を浅草で見かけたこと、その人品を検めてほしいと喜平治に頼んだことを長助が語るにつれて、穏やかだった長春の顔つきは見る見る改まった。ついには、ああ、と溜息《ためいき》をついて、広い額に手を当てた。

「思いがけないところにいらしたものだ。わたしがもっと早くにお捜しできていれば、そんな貧乏暮らしなぞさせずに済んだのに。——おい、喜平治。駕籠《かご》を呼んどくれ」

へえ、と立ち上がった喜平治の背に、「わたしの分だけじゃないよ。師房先生とお孫さまがたの分もだ」と長春は浴びせかけた。

「それと長助。お前はすぐに女中に、空いている部屋を片付けさせておくれ。布団の類《たぐい》はもちろん、足りない調度があれば、急いで調えさせるんだよ」

長春の義理堅さはよくよく承知しているつもりであった。とはいってもすぐさま一家を引き取ろうとするとは思ってもいなかっただけに、喜平治は長助と顔を見合わせた。

そんな二人にはお構いなしに、長春は急いで袴《はかま》を着けて身形《みなり》を整えると、喜平治を供に駕籠を連ねて総泉寺へと向かった。いつの間に用意したのか、三方に載せた金包《かねづつ》みを寺僧に差し出し、「これは些少《さしょう》でございますが、ご仏前に」と喜捨《きしゃ》を行ってから、境内の隅の陋屋《ろうおく》へと向かった。

思いがけぬ客の到来の気配に、覚悟を決めていたのであろう。柴折戸のかたわらには先ほどの娘が弟の肩を抱き、青ざめた顔でたたずんでいる。長春はそんな二人に向かって、深々と頭を下げた。

「師房先生のお孫さまがたですな。わたしは宮川長春、またの名を長左衛門《ちょうざえもん》と申します。大昔、お祖父さまやその父君の工房で使い走りをしていた者です」

「宮川長春だって。あの絵描きの長春かい」

娘が答えるよりも早く、伊平と呼ばれていた弟がぱっと顔を輝かせた。これ、と叱りつけようとする姉にはお構いなしに、「おいら、絵描きになりたいんだ」と口調を明るませた。

「けど姉ちゃんも祖父ちゃんも、絵なんか大嫌いでさ。どうしてもおいらが稽古《けいこ》するのを、許してくれないんだ」

「それは末頼もしい話ですな。それでお祖父さまはご在宅でいらっしゃいますか」

「朝から酒を飲んで、寝ちまっているよ。あの分じゃ、当分起きないんじゃないかな」

「――よろしければ、お上がりください」

伊平の言葉を覚悟を決めた口ぶりで遮って、娘が長春を玄関へと導いた。床柱の傾いた奥の部屋に案内してから、「先ほどは失礼しました」と喜平治に向かって手をつかえた。

形のいい目尻《めじり》の端が強張り、唇からは血の気が引いていた。

「いきなりのお訪ねでしたので、動転してしまいまして……。仰《おっしゃ》る通り、わたしたちの祖父は昔は絵師として、菱川師房と名乗っていたとやら聞いています。ですが今はもう絵筆を捨て、三人で肩を寄せ合って暮らしている身の上です。どうか何も仰らずにお引き取りください」

「それはまた、どういうわけです」

娘の手は荒れ、白粉《おしろい》も紅《べに》の飾りもない面にも、年に似合わぬ世帯の苦労がにじんでいる。その痛々しさに胸を衝《つ》かれた様子で、長春は声を震わせた。

「今日、わたしが絵師として名を成しているのも、すべては師宣先生の工房で働かせていただいたのが始まりです。ならばせめてそのご恩返しをさせていただきたく、こうしてうかがった次第です」

襖《ふすま》一枚へだてた向こうからは、ごうごうという獣の唸《うな》りに似た音が時折響いてくる。どうやらそれが、師房の寝息らしかった。

「それはありがとうございます。ただ弟はともかく、あたしはもう絵なぞ目にしたくもありません。どうかお引き取りを」

「姉ちゃん、それはないだろう。おいら、いつかはきっと絵師になるんだ。そうしたら姉ちゃんにだって、楽をさせてやれるんだぜ」

伊平がむきになって、姉に食ってかかる。その途端、姉の面上にさっと怒りの色が刷《は》かれたのに、慌てて長春が割って入った。

「まあまあ、どちらもおやめなさい。わたしが絵師ということを差し引いても、お二人のお祖父さまはわたしの昔の雇い主。その難儀に知らぬ顔は出来ません。——おおい、喜平治」

へえ、と応じた喜平治を、長春は目顔で指した。

「こいつはわたしの一番弟子で、気の優しい男です。これからは時折、こいつをこちらに寄こしますから、困ったことがあれば何でも仰せつけてください。どうか遠慮だけはなさいませんように」

家に引き取ることはもちろん、ここで無理やり金子《きんす》を渡しても、娘は受け取るまいと考えたらしい。長春は静かながらもきっぱりとした口調で、「いいですね、遠慮は禁物ですよ」と繰り返して立ち上がった。

寺の門前には駕籠舁《か》きが六人、空の駕籠を囲んで所在なげに座り込んでいる。酒手《さかて》を与えて彼らを帰らせ、長春は大川端の道を南へと向かった。

「いいんですか、師匠。あれきりで引き揚げちまって」

半歩後ろから声をかけた喜平治に、ああ、と長春は首肯した。

風に揺れる柳の枝が、その横顔に薄緑色の影を落としていた。

「恩返しってのはね、無理やり押し付けたって意味がないんだよ。その代わりお前、ご苦労だけど、これから四、五日に一度はあの家に顔を出して、用はないかと聞いて差し上げておくれ。かかりが要るようだったら、すべてわたしが支払うから」

なるほど、と喜平治は手を打った。

あの貧乏暮らしから察するに、一家は近隣の店々からずいぶん借りを溜《た》めているであろう。五両十両というまとまった金は受け取るまいが、味噌《みそ》屋や米屋のつけぐらいであれば、少しずつ支払わせてくれるかもしれない。そして三月、半年と日が経てば、あの娘も少しは自分たちに心を許してくれよう。

「それにしても、あの伊平ってお子の面構えと来たら、ありゃあ絵師にはもってこいの芯《しん》があるね。もし師房さまや姉娘さえ得心なら、内弟子にお預かりしてもいいかもしれない。秋には日光での仕事も始まるから、ちょうど手が欲しいところだ」

「まさか、また稲荷橋の春賀さまのお手伝いですか」

検分の供をさせるだけでは、満足しなかったのか。つい眉《まゆ》をひそめそうになった喜平治に、長春はあっさりとうなずいた。

「ああ。今回の造替ではあちこちの修繕に加え、ご本殿の内陣や諸堂の障壁画を直し、場合によっては奥絵師さまがたが描き換えをするとかでね。その支度としてまず、すべての障壁画を模写しなきゃならないらしい。それでうちの門下からも助《すけ》っ人《と》を出してほしいと、春賀さまから直々に頼まれたんだよ」

日光東照宮本殿の障壁画は、寛永《かんえい》年間、狩野探幽《たんゆう》とその門下によって描かれた。それだけに今回の造替に際して、狩野家は一門を挙げて修復に取りかかるのであろう。とはいえそれでまた長春に手伝いを命じようとは、狩野春賀という男はつくづく見栄っ張りと見える。

「なるほど。彩色までありのままに写すとなりゃあ、顔料作りの小僧の一人も連れていかなきゃなりませんからねえ」

やっぱりこの師匠はお人好しにすぎる。溜息を堪《こら》えながら、喜平治は相槌《あいづち》を打った。菱川師房の孫たちが生真面目な人柄であったことが、せめての幸いに感じられてならなかった。

翌日から総泉寺の離れに通い始めた喜平治が驚いたのは、伊平たちの祖父——つまりは老人となった菱川師房の自堕落さであった。

朝と言わず夜と言わず酒を飲み、たまに昼寝から起き出して散歩に出かけたかと思うと、また酒を買って戻ってくる。すでに八十六歳の高齢と伊平から教えられれば、なるほどその気儘《きまま》さもしかたがないと思いはする。しかし喜平治が宮川長春の名を告げても、ただどんよりと曇った目しか向けぬ挙動は、鈍重な牛にどこか似ていた。

「しかたねえんだよ。祖父ちゃん、おいらたちの両親が亡くなってから、すっかり惚《ほう》けちまって。こないだなんか、姉ちゃんに銭をせびりに行ったはいいが、帰りに道に迷って、大騒ぎになったんだ」

伊平の話をつなぎ合わせれば、師房は小伝馬町《こでんまちょう》で営んでいた紺屋を畳んだ後、一時は妻子を連れ、父親の郷里である房州《ぼうしゅう》に戻ったらしい。だが絵師としてもう一花咲かせてやろうとの野心から単身江戸に戻ったことで、家族とはなし崩しに離縁。江戸で偶然知り合った女と、再度、世帯を持ち、伊平たちの父親が生まれたのであった。

「その時分の祖父ちゃんは、ほうぼうの地本問屋《じほんどいや》（版元）から挿絵の仕事をもらいもしていたそうだよ。けどおいらたちの父ちゃんが大きくなった頃にゃ、古臭いだの工夫がないだのとけなされ、だんだんと貧乏になっていったんだと」

もともと師宣亡き後に菱川派が衰微したのは、鳥居清信《とりいきよのぶ》、奥村政信《おくむらまさのぶ》、懐月堂安度《かいげつどうあんど》といった絵師たちが相次いで台頭したためでもあった。師房はそんな画家たちに負けまいと、父から受け継いだ柔らかな画風の作を相次いで描いたものの、人物の個性を強く表現した鳥居派や肥痩《ひそう》が激しく豪放な懐月堂安度の筆に慣れてしまった江戸の者の目には、その絵はあまりに退屈に映ったのであった。

伊平たちの父親は早くから師房の手ほどきを受けて絵師となったが、その作風はやはり時代後れと誇《そし》られる穏和なものであった。古馴染《ふるなじ》みの地本問屋からは、時折、お情けのように仕事が持ち込まれるが、それだけでは食っていけない。そのため伊平たちの父親は、女房を娶《めと》り、二人の子に恵まれたのをきっかけに、画業の傍ら、吉原《よしわら》通いの客を乗せる山《さん》谷船《やぶね》の船頭として夜働きをするようになった。

「慣れない船稼ぎは心配だよ。あたしも一緒に行かせておくれ」

そう言い出した女房が猪牙船《ちよきぶね》に乗り込み、夏は冷たい瓜《うり》を、冬は生姜湯《しようがゆ》を船の中で振る舞ったことから、夫婦の船はあっという間に浅草界隈《かいわい》で人気となった。

しかしながら平穏な日々は長く続かず、伊平が二歳、姉のお鶴《つる》が六歳の秋の夜、夫婦の船は急な嵐に巻き込まれて転覆。客の男はかろうじて助かったものの、夫婦の遺骸《いがい》は遂《つい》に上がらず、一家は再び貧乏のどん底に突き落とされたのであった。

息子夫婦の突然の死に師房は自失し、絵筆を捨てて、酒に溺《おぼ》れるようになった。お鶴は寺の住持の口利きで浅草の茶屋で下働きを始めたが、自らの境涯を憎んでか、絵を毛嫌いして憚《はばか》らない。父親がわずかに残した下絵も、師房たちが使っていた絵の道具類も片端から売り払い、もはや家には筆一本残っていないのだと伊平は語った。

「けどよ、おいら、本当は知っているんだ。ああ見えて姉ちゃんは、祖父ちゃんが大昔に描いた絵を一幅だけ、仏壇の裏に隠しているんだぜ」

昼下がりの陋屋《ろうおく》の縁側にはあたたかな陽が当たり、雀が数羽、叢《くさむら》の中で餌をついばんでいる。

お鶴は朝から茶屋勤めに出かけ、師房はまたしても奥の間で昼寝をしている。それにもかかわらず、伊平は内緒ごとを打ち明けるように声を低めた。

「雪景色の中、高下駄を履いて、後ろから傘を差しかけられた花魁《おいらん》の図さ。けどおいらがそれを知っていることは、内緒だぜ。姉ちゃんは嫌になるほど生真面目だからよ。うっかり知られて捨てられちまった日にゃ、目も当てられねえ」

まだ少年とはいえ、祖父や姉を守らねばとの自負があると見えて、伊平の口調は細い体軀《たいく》には不釣り合いなほど荒っぽい。喜平治の目には、それがかえって痛々しく映った。

浅草の茶屋の中には隠し女を置く淫猥《いんわい》な店もあるが、お鶴が働く店は手堅く、酒は一滴たりとも出さないという。ただそれでも雑踏に浮かれた客がお鶴にちょっかいをかけることもあるらしく、日暮れとともに陋屋に戻ってくるその表情にはいつも濃い疲れが漂っていた。

自宅に引き取りたいとの長春の意向を伝えているにもかかわらず、お鶴は一向に勤めを辞めない。それは初めに言い放った通り、三人でここで暮らしていくと腹をくくっているためであろう。とはいえ老いた祖父を抱えての貧乏暮らしは、喜平治の目には崖《がけ》っぷちの道を歩むかのような危うさを感じさせた。

そしてお鶴自身もまた、その事実を嫌というほど承知していると見え、米や味噌を携えて訪れる喜平治に恐懼《きょうく》しながらも、その来訪までは拒まない。日を追うにつれ、少しずつ言葉数も増え、時には笑顔を見せることすらあった。

「いつも、すみません。お気遣いいただいて」

「いいって話さ。それよりお鶴坊も無理をするんじゃねえぞ」

坊呼ばわりにはいささか臈長《ろうた》けた相手なのは、百も承知している。だが年頃の娘というものに長らく接していない喜平治の目には、お鶴の産毛の目立つ肌や鑿《のみ》で刻んだような目元は、どぎまぎするほど明るく映った。年よりも幼い子ども扱いをすることで、どうにかその戸惑いをごまかしていた。

（なにを考えているんだ。ほとんど孫みてえな年なんだぞ）

もちろん、それは恋情ではない。自分がとうの昔に失ってしまった家族の温《ぬく》み……それを必死に守ろうとしているお鶴の直向《ひたむ》きさが、喜平治にはあまりに哀れで、同時に眩《まぶ》しかった。

「なあ、それより、あれほど絵が好きだって言っているんだ。伊平をうちの師匠に預けてみねえか」

顔料を砕き、膠《にかわ》を煮る下仕事は、絵師を志す者にとっては一度は通る勤めである。岩絵具の使い方を学び、場合によっては師の傍で色作りを任されもするだけに、下働きとはいえ学ぶことは多い。

自身が師宣の工房の小僧からのし上がって絵師となっただけに、長春は画室に出入りする下働きたちにも優しく、一日百文の賃金を約束している。仮に三日に一度でも、伊平が芝新堀に通えば、この一家の内証は潤い、伊平にも絵師としての道が開けるはずであった。

「ありがとう、おじさん。でもあたしはやっぱり、あの子を絵描きになんぞにしたくないんです」

苦々しげに顔をしかめてから、目の前にいるのもまた絵師の一人と思い出したらしい。お鶴はぱっと顔を赤らめた。

「その……絵描きが全部が全部苦労するなんて、思っちゃいないんですけど。でもお祖父ちゃんやお父《と》っつぁんを見ていると、伊平には違う生き様を選んでもらいたくって」

「けどよ、伊平はまだ餓鬼のくせに、気の強え野郎だ。頭ごなしに駄目だと言っても、かえってむきになるだけなんじゃねえか」

そうですよねえ、とお鶴は溜息をついた。同じことを幾度も悩んでは、そのたびに答えが出せぬ己に戸惑っている横顔であった。

「無理やりどこかのお店に奉公させてご迷惑をかけるよりかは、長春先生のところにお預けできれば安心だとは、あたしも思っているんです。一度、本物の絵師の厳しさを思い知れば、あの子も気が変わるかもしれません」

「そうだとも。それにうちの師匠の画室なら、俺もしばしば覗きに行ってやれるぜ。とにかくやらせるだけはしてみちゃどうだ」

喜平治がこの件を芝新堀に持ち帰ると、長春は「そりゃあいい」と大喜びで膝を打った。

「障壁画を写す助っ人を、そろそろうちからも発《た》たせなきゃならないと思っていたんだ。

小僧も一人あちらにやるから、伊平さんにはその代わりとして働いてもらおうか」

長春門下からの助っ人は、絵師が八人に顔料作りの小僧が一人。その頭領として、長助も日光に出向くのだ、と長春は語った。

「本当は喜平治に頭領を務めてもらいたいんだけどね。伊平さんがうちに修業に来ることになったってのにお前がいないんじゃ、お鶴さんも不安がるだろう。今回はあの二人のためと思って、お江戸に残っておくれ」

「それでしたら、師匠。あっしが小僧代わりに伊平を連れて、日光に行くってのはどうですかい」

「なんだって」

江戸から三十余里離れた日光東照宮は、その壮麗さにおいて本邦に類を見ない大社である。狩野探幽畢生《ひっせい》の障壁画はもちろん、諸堂の建築の美々しさ、華やかさは、絵師を志す以上、一度は目にしておくべきである。

「狩野家さまの門人たちと手分けしての仕事となりゃあ、行き帰りの足を含めたって、ひと月もかかりゃしねえでしょう。絵師の仕事を伊平に見せてやるには、またとない好機ですぜ。長い目で考えりゃ、その方がずっとあの子のためになりやしょう」

江戸から離れた作事場でみっちりと絵師の仕事に接すれば、伊平もこれからの覚悟がつくに違いない。下手に芝新堀の画室で丁寧に扱われるより、その方がよほど少年のためになる、と喜平治は思った。

「そりゃあお前が行ってくれるなら、わたしはありがたいよ。だけど、喜平治、そんなに長い間家を空けて、おこんは大丈夫なのかい」

「所詮《しょせん》は畜生ですからね。あっしがいなけりゃ、どこぞでまた餌をもらってくるでしょうよ」

だが長春の心配は、杞憂《きゆう》に終わった。喜平治がこの話を持ちかけた途端、ならばその間、おこんを預かろうとお鶴が言い出したのである。

「だって日光じゃ、伊平が喜平治さんの世話になるんだもの。その恩返しと思えば、猫の一匹や二匹、当然じゃないですか」

総泉寺の境内は広い。ほうぼうの堂舎に巣くう鼠が経典を齧《かじ》り、住持たちを困らせていることもあって、竹籠《たけかご》に入れて連れて行くや、おこんは目を爛々《らんらん》と光らせて、本堂の軒下へともぐり込んでいった。

喜平治を顧みもせぬその冷淡さにお鶴はころころと笑い、「心配しないで、喜平治さん」と空の籠を抱え上げた。

「秋が終わるまでには帰って来るんでしょう。それまではおこんちゃんの面倒は、しっかり見ておきますから」

「ああ、ありがとうよ。こっちも伊平のことは心配するな。なあ、伊平」

いきなり決まった日光行きに、さすがに不安を隠せないのか、喜平治から背を叩かれた伊平は心細げに、「う、うん」とうなずいた。

喜平治にとっては、これが初めての日光行きではない。まだお千佳が存命だった頃、どうしても一度だけ東照宮さまに参詣《さんけい》がしたいとせがまれ、共に旅をしたことがあった。あれから二十年を経て、再び日光の土を踏むことになろうとは思ってもいなかっただけに、喜平治の胸はおもいがけず弾んだ。それも伊平のような少年と共に仕事が出来るとなれば、なおさらであった。

(長生きってのも、存外、悪くねえもんだな)

しかしながら、いざ弟弟子二人と伊平を率いて日光にたどり着いてみれば、そんな感傷はすぐに吹っ飛んだ。壮麗な殿宇《でんう》のそこここには、襷《たすき》がけをした狩野家の門弟たちが座り込み、厳しい形相でそれぞれ障壁画の模写を行っていたからである。

ことに狩野探幽の筆になる「雲竜図」や「天人図」が飾られている本殿は、立錐《りっすい》の余地もなく絵師が詰めかけ、壁の絵を食い入るように見つめている。ちりちりと肌を焼かれるにも似たとげとげしさが、壮麗な殿舎に満ちていた。

「すみやせん、狩野春賀さまはどちらにおいででしょうか。芝新堀の宮川長春の許《もと》より、お手伝いに参りました」

瑞垣《みずがき》の外からの喜平治の呼びかけに、絵師たちが一斉に目を上げる。町人髷《ちょうにんまげ》を結い、見るからに町絵師然とした一行の姿に、すぐに興味を失った顔になった。

「ああ、稲荷橋の分家か。あいつらの仕事場は鼓楼《ころう》だ」

「そこに立たれると、手元が暗い。さっさと出ていけ」

犬を追い払うかのようにそっけない態度に、喜平治のこめかみがどくんと音を立てて鳴った。

同じ狩野家でも分家筋の者は、東照宮の中心たる本殿には入ることが許されないらしい。ましてや春賀が呼んだ町絵師を、奥絵師の弟子である彼らが侮るのも当然であった。

「へえ、それは失礼いたしやした」

顔を強張《こわば》らせる弟弟子たちを促して、喜平治は踵《きびす》を返した。

参道を戻って探し当てた鼓楼は、朱の高欄が巡らされ、黒漆塗の袴腰には絢爛《けんらん》たる金具が施された壮麗な楼閣であった。ただどうやら四方に窓がないらしく、屋内は昼にもかかわらず薄暗い。

ちらちらとわずかに揺れる灯が、楼閣内の人の姿をかろうじて淡く浮かび上がらせていた。

「ええ、ごめんくだせえ。狩野春賀さまはこちらでございますか。お江戸より参りやした、宮川長春の門下でございやす」

「宮川だと」

どすどすと足音がして楼閣から飛び出してきた男は、四十がらみ。長押《なげし》につっかえそうなほどひょろ長い背丈が、年齢よりも老け込んだ印象を放っていた。

「ようやく来たか。わしが春賀だ、待っていたぞ。さあ、上がれ上がれ」

忙《せわ》しい手招きに急《せ》かされて草鞋《わらじ》を解けば、春賀の弟子と思しき男が二人、ほこりまみれの床に座り込んでいる。その四方の壁には四季の花々が濃彩《のうさい》で描かれ、淡い灯明の灯に金泥を鈍く光らせていた。

「着いたばかりのところを悪いが、早速仕事に取りかかってくれ。今日のうちに、こいつらを江戸に向けて発たせてやりたいからな」

意外な言葉に驚く暇《いとま》もあればこそ、二人の弟子たちはさっさと墨入れを片付け始めている。膝先に置かれていた下絵もそのままに立ち上がる彼らを、「ちょっと、待ってくだせえ」と喜平治は制した。

「春賀さまのお弟子衆は、ほかにいらっしゃらねえんですか。あっしたちはあくまで、稲荷橋狩野家さまの助っ人として来ただけでさ」

色の黒い春賀の顔が、不快に強張った。戸惑いを面上に浮かべた弟子たちに、行け、と手を振ってから、おもむろに喜平治に向き直った。

「ぐずぐず言わずに、さっさと仕事に取りかかれ。わしの弟子たちは、それぞれ忙しくてな。日光でずっと足止めさせるわけにはいかん。おぬしたちの取締として、わしがこれからもここに留《とど》まるだけでも、ありがたいと思え」

喜平治は言葉を失った。

春賀の身拵《みごしら》えは筒袖《つつそで》に括《くく》り袴《ばかま》と軽装で、矢立て一本、身に着けていない。この鼓楼の壁画の模写をすべて喜平治たちに押し付けるつもりであることは、疑うべくもなかった。

「顔料作りには、あちらの小屋を使え。隣の鐘楼《しょうろう》は山下《やました》狩野家、神輿《しんよ》舎《しゃ》は深川水場《ふかがわみずば》狩野家の持ち場でな。顔料小屋だけは共用ゆえ、下手な諍《いさか》いは起こすなよ」

床に広げられたままの下絵は、墨でわずかな描線が描かれているばかり。この続きを引き受けるといえば聞こえはいいが、彩色に用いる顔料などはいったい誰のものを使えばいいというのか。

長春がどんな無理難題を申し付けられても拒まぬと承知しているのだろう。見下すような笑みを口端に浮かべた春賀に、喜平治は拳《こぶし》を握り締めた。

ここで自分たちが江戸に引き揚げれば、春賀はきっと、宮川長春の弟子は仕事もろくに務まらぬろくでなしだと吹聴《ふいちょう》しよう。自分が貶《おとし》められるのはいいが、長春の名に泥を塗るわけにはいかない。喜平治は愕然《がくぜん》とした表情を隠さぬ弟弟子たちを急き立て、渋々、仕事にとりかかった。

伊平を連れて作業小屋に赴けば、稲荷橋狩野家に与えられた一間はがらんとして、顔料を摩《す》る乳鉢《にゅうばち》や薬研《やげん》すら調えられていない。念のためにと長春が江戸から送らせた顔料の荷だけが、筵《むしろ》をかけられたまま片隅に積み上げられていた。

「こりゃ、大変だ。おい、伊平。下の町まで行って、道具を揃えてこい。ああ、荷物持ちに兄弟子たちも連れて行ったほうがいいな」

「よし、わかったよ。けど、喜平治のおじさん。銭はいったいどうしたらいいんだい」

「なに、銭だと」

長春が潤沢に路銀を持たせてくれたおかげで、懐には余裕がある。とはいえこの仕事はあくまで稲荷橋狩野家が請け負ったものであり、そこに用いる道具ともなれば、春賀が支払うのが筋である。

「しかたねえ。ここはとりあえず、立て替えておくか。後日、俺たちの賃金が春賀さまから支払われる際、まとめて返してくださるだろう」

胴巻に残っていた小粒銀をすべて持たせたおかげで、道具はどうにか翌朝までに揃った。だがいざ仕事に取りかかれば、春賀は自らはまったく筆を持たない癖に、喜平治たちの挙動には細かく眼を光らせ、顔料の扱い一つについても文句を言う。

やれ描線が太い、やれ虎の目つきに品がないだのと、逐一、難癖をつけられ、年若い門人たちはすぐに腐りきった。

「あんな野郎の言うことなんぞ、聞いちゃいられねえですぜ。さっさと江戸に帰りましょうや」

と喜平治に詰め寄る弟子も中にはいた。しかしそのたびに喜平治は、「もう少しだけ我慢してくれ」と懸命に彼らをなだめた。

「鼓楼の壁画は、たった四面。しかも下絵はすでに描き上がり、後は彩色だけじゃねえか。それさえ終われば、大手を振って引き揚げられるんだ。頼むから、堪えてくれ」

その一方で伊平は、初めて訪れた東照宮の威容に圧倒されたらしく、暇があれば諸堂を巡り、狩野家の門人たちの目を盗んではあちらこちらの障壁画を眺めている。それでいていざ仕事となれば骨惜しみすることなく顔料を砕き、胡粉《ごふん》を擂《す》る熱心さに、

（こいつは師匠の睨《にら》み通りかもしれねえ）

と、喜平治は内心、舌を巻いていた。

絵を学ぶのにもっとも大切なことは、よく見ることである。先人の作を熟視し、模写することから、すべての稽古は始まる。

それを理解できぬ者はただただ早く筆を握りたがるが、そういった者は大抵絵師として大成しない。より多くのものを見、学んだ者だけが、自らの絵を描くことが出来るのだ。

東照宮で目にした絵はきっと、伊平のまたとない礎《いしずえ》になろう。そう思うと仕事の憂さもわずかに忘れられ、喜平治は鼓楼の模写に邁進《まいしん》した。

加えて、一日も早く江戸に戻ってやろうという他の弟子たちの怒りもあって、四面の壁画の模写はほんの半月で終わった。いささか名残惜し気な伊平を急き立てて江戸に戻れば、

春賀の悪辣さはすでに他の狩野家の門人の口から伝えられていたと見え、長春は神妙な顔で喜平治たちを迎えた。

「本当にすまなかったね、お前たち。ひどい気苦労をしただろう」

聞けば、稲荷橋狩野家の弟子たちは特に急ぎの仕事があったわけでもなく江戸に残され、宮川派に仕事を取られたと文句を言っているらしい。

それもこれも、体裁ばかりを気にする春賀のせいである。怒るのであれば、それは自分たちの師匠に向けるべきだろう。喜平治は深い息をついた。

「さすがのわたしも、これには懲りたよ。今度からは春賀さまからどんなことを頼まれても断るから、安心しておくれ」

「へえ、お願いですから、そうしてくだせえ。それにしても乳鉢や薬研までわざわざ買う羽目になるとは、思ってもいやせんでしたぜ」

そう言いながら喜平治が渡した収支の書きつけを、長春はしげしげと眺めた。

「あちらでかかった費《つい》えが、併せて一両と二分かい。それにお前たちの賃金を一日二朱、伊平の賃金を一日百文お支払いくださるよう、春賀さまにはお願いしているからね。任せられている仕事が終わったとなれば、春賀さまもそろそろ江戸に戻って来られるだろう。ご挨拶かたがたお足をいただいてくるから、ちょっと待っておくれ」

「ありがとうございます。あっしみてえなひとり者は別に急きゃあしませんが、せめて伊平の分だけでも早く払ってやってくだせえ。あいつ、初めての仕事の癖に、存外な踏ん張りを見せましたぜ」

初めて弟が稼いだ銭ともなれば、お鶴もさぞ喜ぶに違いない。伊平のこれからのためを思えば、その頑張りを少しでも早く形にして渡してやりたかった。

さりながら秋が過ぎ、袖ヶ浦を吹く風が身を切るほどに冷たくなっても、喜平治はもちろん、伊平の賃金は一向に支払われなかった。春賀はとうの昔に江戸の屋敷に引き揚げている。それにもかかわらず、幾度、長春が赴いても春賀は言を左右にして銭を出そうとしなかった。

初めのうちは喜平治も長春も、春賀は多忙のためにご公儀への費えの請求が終わっていないのであろうとのんびり構えていた。だが寒空に小雪が舞い、遂には暮れも押し詰まったある日、長春がわざわざ喜平治の長屋を訪れ、「どうにもおかしいよ」と顔をしかめた。

「つてをたどって、山下狩野家のご門人にうかがったんだが、そもそも今回の模写の手間賃は、すでに夏の間に寺社奉行さまからそれぞれのお家に下されているらしい」

「じゃあつまり、春賀の野郎はあっしたちの給金を横取りしているってわけですか」

「しっ、滅多なことを言うんじゃないよ」

言葉面では喜平治を叱りつけつつも、長春自身、疑念を抱いているらしい。その目は落ち着きなく、畳の上を泳いでいた。

「とにかく日光に行ってくれた皆の給金は、わたしが立て替えておくからね。伊平さんの分は、お前から渡してやっておくれ」

そう言って取り出した懐紙の包みを、「いけやせんよ、師匠。こんなことをしちゃあ……」と喜平治は押しやった。

「それにあっしはともかく、伊平に支払ってやってほしいのは、ただの銭じゃねえ。あいつが小さいなりに、下働きとして頑張ったっていう証《あかし》の銭なんだ。それを師匠が立て替えちゃあ、伊平にもお鶴坊にも嘘をつくようなもんじゃねえですか」

絵師になりたいという伊平の願いにしかたがないと言いつつも、お鶴はまだ心の片隅で絵描きに対して不信を抱いている。だからこそなお喜平治は何の後ろめたさもない銭を彼らの許に運んでやりたかった。もし銭の払われない事情を知れば、お鶴はまたしても絵師を信じられなくなるに違いないと思われた。

長春は薄い唇を真一文字に引き結び、がらんとした部屋の隅を見据えた。わかった、と一つうなずいて、畳を両拳で突いて立ち上がった。

「確かにお前の言う通りだ。もう一度、春賀さまのところに行ってこよう」

「お一人で大丈夫ですかい。あっしもお供しやしょうか」

「なにを大げさな。なにも喧嘩《けんか》をしに行くわけじゃないんだ。妙な心配は無用だよ」

下駄を突っかけて路地に踏み出し、何かに行き当たったかのように長春は足を止めた。

ぶるっと肩を震わせ、掌《てのひら》を胸元で軽く翻した。

「冷えると思ったよ。降ってきやがった」

上がり框の際まで這《は》い寄って仰げば、深い軒に切り取られた空は灰色に濁っている。淡い雪がちらちらと舞い落ち、汚れたどぶ板の上であっという間に溶けた。

「夜には積もるかもしれないね。そういや、おこんの奴を見なかったけど、最近はお前の家にも寄り付かないのかい」

「ああ、あいつだったら、お鶴坊のところがよっぽど居心地がいいみてえでね。迎えに行っても出て来なかったんで、そのまま総泉寺に置いてきたんでさ」

「そりゃあ、こんな裏長屋より鼠のたんまりいるお寺の方が暮らしやすかろうからね。もし春賀さまから銭をいただけたら、その足で浅草に回るつもりだ。おこんの顔も見て来ようかね」

しかしそう笑って出て行った長春は、日が落ち切っても芝新堀の家に戻ってこなかった。不審を抱いた長助が心当たりを訪ね回り、ようやく春賀の家に向かったらしいと喜平治から聞かされた時には、時刻はすでに二更を過ぎていた。

「稲荷橋狩野家のお屋敷は、八丁堀船松町《はっちょうぼりふなまつちょう》だ。いくら親父が寄る年波で足が弱っているとしたって、こんなに遅くなる道理がねえ」

念のために、とお鶴の家に走らせた門弟は、「浅草にもいらっしゃいませんでした」と言いながら、真っ青な顔で駆け戻ってきた。

長春の言葉通り、雪は宵のうちから激しさを増し、画室の前庭を白く染めつつある。だが取るものも取りあえず家から駆け付けてきた喜平治をはじめ、寄り集まった弟子たちはみな寒さを感じる暇もなく、画室で強張った顔を寄せあった。

そのうちの一人が恐る恐る、「まさかと思うけど……稲荷橋狩野家さまのお宅に押し込められていらっしゃるんじゃ」と声を震わせた。喜平治や伊平とともに、日光まで出向いた弟子の一人であった。

「馬鹿を言え。いくら春賀さまが強欲だからって、そこまではなさるまい」

「長助さんは春賀の野郎のあくどさを見てねえから、そんなことが言えるんだ。絵道具の類まで喜平治さんに買わせ、平然としていたような野郎だぜ。師匠がおとなしいと侮って、なにをしでかしても不思議じゃねえよ」

「よし、わかった。そこまで言うんなら、一度、稲荷橋狩野家さまに聞き合わせに行こうじゃねえか」

堪《たま》りかねたとばかり立ち上がる長助の袖を、喜平治はあわてて引いた。

「待て待て、長助さんはここにいてくれ。あっしが様子を見て来らあ」

心当たりのほとんどを捜し回った後だけに、もはや頼みの綱は春賀の許しかない。もしかしたら、案外、春賀に引き留められ、雪見酒でも酌み交わしているのかもしれないと、喜平治は淡い期待を抱いた。

だが門弟を二人引き連れて向かった稲荷橋狩野家の門は固く閉ざされ、呼べど叩けど、応《こた》えがない。もはや時刻は三更近くではあるが、三人がかりで声を限りに呼び立てても誰一人顔を覗かせないのはいささかおかしい。

黒いものがむくむくと胸を塞《ふさ》ぎ、息がおのずと荒くなる。喜平治は足元の雪を蹴散《けち》らして、屋敷の裏手へと回った。

もともとこの一帯は、旗本屋敷が多い。その上折からの雪で、往来に人通りはない。路地奥の芥溜《ごみため》に顔を突っ込んでいた痩《や》せた野良犬が一匹、喜平治の足音にびくりと顔を上げ、土塀に隠れるように逃げて行った、その時である。

吹きすさぶ風音に混じって、低い呻《うめ》きが聞こえた。見回せば、野良犬が餌を漁《あさ》っていた芥溜の一角で、何かが蠢《うごめ》いている。雪をかぶり、紙のように青ざめた顔が芥の狭間《はざま》に見えたと思った刹那《せつな》、喜平治は長春の名を叫んで駆けだしていた。

「し、師匠ッ。どうなすったんです」

喜平治の絶叫に、門弟たちがばと振り返る。三人がかりで凍り付いた芥から長春を引き出し、懸命に手足をさするうち、ようやく長春の顔色に血の気が戻り始めた。

その額はぱっくりと割れ、流れ出た血が襟《えり》をどす黒く汚している。顔も手足も紫色の痣《あざ》だらけなのは、数人がかりで殴る蹴るの陵虐を加えた証であろう。その右腕が奇妙な方向にねじ曲がっているのに、喜平治は息を呑《の》んだ。

うっすらと目を開けた長春が、両手をわななかせて、喜平治の腕を摑《つか》んだ。

「あ――あいつは初めっから、お前たちをただ働きさせるつもりだったんだ。お前みたいな師匠を持った身で、ご公儀の作事に関われるだけでもありがたいだろうと嘲笑《あざわら》いやがった」

芥溜に捨てられていた戸板に長春を乗せ、芝まで戻る道中に聞き出したところによれば、長春を迎えた春賀は当初、口元に薄笑いを浮かべながら、年明けまでには銭を支払うと言ったという。だがすでにご公儀からの支払いは終わっているはずだと追及するや、「しがない町絵師の分際で、なにを言う」と態度を豹変《ひょうへん》させたのであった。

「だいたいお前みたいな者が絵師としてやっていけているのは、うちの親父のおかげだろう。それをまあ、少し我が家の手伝いをしただけで大きな顔をするとは、これだから浮世絵師ってのは心根が卑しいんだ」

聞き捨てならぬ面罵《めんば》に長春が座布団を蹴立てたその時、襖を押し開いて四、五人の門弟がどっとなだれ込んできた。さすがに武器こそ持っていなかったものの、彼らは一斉に長春に飛びかかるや、力任せに拳を振るい始めた。

多勢に無勢、そうでなくとも温和な人柄の長春は、ろくな抵抗も出来ぬまま殴りつけられ、半死半生のところを芥溜に投げ捨てられたのであった。

「わ、わたしは悔しいよ、喜平治」

戸板に横たわって暗い空を仰いだまま、長春は声を詰まらせた。腫《は》れあがった瞼《まぶた》の下から、光るものがその耳元へと流れた。

「わたしは間違いなく聞いたんだよ。師家である稲荷橋狩野家に歯向かうなんて、最初に弟子入りした菱川家とやらでよほど悪い行儀を教えられたと見える。浮世絵師なんてものは所詮、下賤《げせん》な絵しか描けぬものたちの生業《なりわい》だ。——わたしを弟子に殴らせながら、春賀はそう嘲笑っていたんだ」

雪はいよいよ激しく降りしきり、戸板の端を白く染めている。だがそれにもかかわらず、喜平治は怒りのあまり、己の目の前が真っ赤に染まっているかのような気がした。

幸い、長春の怪我は命に障るものではなかった。ただ、足は折れ、右腕までを痛めたとあっては、二度と絵筆を執れるかどうか覚束ない。それはすなわち絵師としての長春を、稲荷橋狩野家がよってたかって打ち殺したも同然であった。

狩野家の流れを汲《く》もうが浮世絵を描こうが、絵師であることに変わりはない。それにもかかわらず自分たちの手間賃を横取りするばかりか、長春にまで暴虐を尽くすとは。

目を興味に輝かせながら、東照宮の隅々まで歩き回っていた伊平の姿が脳裏をよぎる。

「畜生ッ」と喚《わめ》くと、喜平治は師を乗せた戸板の一端を門弟に押し付け、雪の中を走り出した。芝新堀の長春の家に飛び込むや、迎えに立ってきた長助の襟首を両手で摑んだ。

「ど、どうしたんだい、喜平治さん。親父は、親父は見つかったのかい」

「ああ。けどそれよりも、今はやらなきゃならねえことがある。ついて来な」

え、と間抜けな声を漏らした長助の肩をどんと突き、喜平治は口早にことの顚末《てんまつ》を語った。

「このまま春賀の野郎を野放しにしちゃあ、世のためにならねえ。師匠が右腕を折られたとなりゃあ、こっちもあいつと門弟どもの腕をへし折ってやるのが筋ってもんだ」

「で、でも。相手は仮にも狩野家だぜ。そんな真似をしちゃあ、こっちにもお咎《とが》めが下るんじゃねえか」

「ふん、狩野家と言ったって、所詮はただの分家筋。しかも先に手間賃を横取りしたのは、あちらの方じゃねえか」

怖気《おじけ》づく長助を急き立て、喜平治は家の台所から包丁を二本持って来させた。ありあう手ぬぐいにそれを包むと、長助の尻を蹴飛ばして、八丁堀へとひた駆けた。

頭は炎を詰め込んだかのように、かっと火照っている。その癖、不思議な静けさで片隅に明滅しているのは、お鶴と伊平の笑顔であった。

正面から乗り込もうにも、屋敷の門を破るのは難しい。そう考えた喜平治は勝手口に回り、あえて声をひそめて木戸を叩いた。

「ごめんくだせえ、向かいの屋敷の者でございます」

二度、三度と呼びかけるうちに、木戸の向こうに人の気配が差した。「なんだ、こんな夜更けに」というぶっきらぼうな応えに、喜平治は逸《はや》る胸を押さえた。

「こちらの屋敷横の芥溜で、年の頃は六、七十のご隠居が倒れておいででしてね。息をしてねえもんで、近隣のお屋敷に知る辺《べ》はいねえかと、いま尋ねて回っているんでございやす」

「なに、死んでいるだと」

くぐり戸がわずかに開き、括り袴の青年が驚き顔を突き出す。喜平治はその隙間に強引に身体をねじ込ませると、相手の胸元を蹴りつけた。

「うわっ、何をするッ」

悲鳴を上げて転倒する身体を長助とともに踏みつけて邸内に押し入り、土足のまま縁側に駆け上がる。どうしたッという怒声とともに駆けつけてきた門人たちを睨み据え、「春賀はどこだッ」と怒鳴った。

「よくもうちの師匠に手をあげやがったな。これまで我慢していたが、どうにも辛抱できねえ」

喚きながら手近な襖《ふすま》を蹴倒し、喜平治は懐から取り出した包丁を力任せに振り回した。後ずさりながら門人たちが上げた悲鳴が、ただでさえ火照っていた頭に更に血を上らせた。

「春賀を出せッ。出さねえかッ」

奥絵師や表絵師が浮世絵師を卑賤なものと見ていることぐらい、承知していた。しかしそのとき喜平治を駆り立てていたものは、自分たちを嘲る春賀への憎悪でもなければ、長春が傷つけられたことへの怒りでもなかった。

絵ゆえに貧しく育ち、だからこそ絵を嫌い、同時に素直に愛するお鶴と伊平。我欲のためにそんな彼らの思いを踏みにじらんとする者への憎しみが、喜平治を突き動かしていた。自分の行いが道理に合わぬことは、分かっている。だがそれでも、絵師の家に生まれついたあの二人を傷つけるものがどうにも許しがたかった。

長助が次の間に続く杉戸を撥《は》ね開ければ、見覚えのある長身が廊下を逃げていく。待てッ、と喚きながら後を追った二人に、春賀が顔を蒼白《そうはく》に変えて振り返った。

「な、なんだおぬしらは。こんな非道をして、許されると思っているのか。この下郎絵師めが」

「うるさいッ。非道はお前の方だろうがッ」

喚きながら喜平治が包丁を振り下ろすのと、春賀が後じさろうとした足をもつれさせたのはほぼ同時。つんのめってこちらに倒れてきた胸元を、包丁が大きく切り裂く。ぱっと血煙が上がり、耳を聾《ろう》するばかりの悲鳴が辺りに轟《とどろ》いた。

顔を洗う生温かいものが、喜平治の視界をくらませた。

「畜生。畜生――ッ」

闇雲に振り回す腕にまとわりつくように、熱い血が噴き出し、喜平治の全身を朱に染めた。どすんと床板が鳴ったのは、かたわらの長助が湧き出た血の海のただなかに尻をついたからだ。

目の前が不意に明るくなった気がして、はたと手を止めれば、春賀の身体はうつぶせに倒れ、両の手指だけが苦悶《くもん》の名残を留めて床に突き立っている。膠《にかわ》で固められたかのように握り締めていた喜平治の手から、包丁がごとりと音を立てて落ちた。

一瞬の沈黙の後、三人を遠巻きにしていた門人たちがうわっと雪崩をうって押し寄せ、喜平治の身体を圧《お》し拉《ひし》いだ。

春賀を殺した咎《とが》で奉行所に引き渡された喜平治の詮議には、評定所や寺社奉行までが加わり、難儀を極めた。

そもそもの暴挙が狩野春賀の横暴にあることは、宮川長春からの申し立てによって明らかである。加えて、日光東照宮の造替に際して、春賀が狩野家の威光を盾に宮川長春の門下を召し使っていた事実もあり、稲荷橋狩野家に対する同情の声は乏しかった。

「長春さまは悪くありやせん。すべてあっしが一人で決めて、押し込んだだけ。長助さんまで巻き込んで、申し訳ねえと思っておりやす」

すべての罪を一人で被《かぶ》ろうとする喜平治に対し、稲荷橋狩野家の門人衆がただただ己と春賀の潔白ばかりを言い立てたのもまた、吟味方を動かしたらしい。

二月に及ぶ詮議の後に言い渡されたのは、稲荷橋狩野家はお取りつぶし、喜平治は伊豆《いず》新島《にいじま》に、長助は八丈島《はちじょうじま》にそれぞれ遠島《えんとう》というものであった。

調べに当たった役人がこっそり漏らしたところによると、長春はいまだに床を離れられず、筆を執ることはもちろん、ろくに口もきけぬ日々が続いているという。

「――おめえは立派に仇《かたき》を取ったんだな」

江戸から遠島船が出るのは、年に二度。小伝馬町の牢《ろう》を曳《ひ》き出され、出帆のために目籠に押し込まれた喜平治のかたわらで、牢役人が感に堪えぬ声でそう呟《つぶや》いた。

「そんないい話でもねえですよ」

霊巌島川口《れいがんじまかわぐち》の御手当番所に至る往来には、囚人をひと目見ようとする野次馬が厚い人垣を築いていた。久方ぶりに仰ぐ太陽の明るさに目を細めながら、喜平治はそのただなかにおこんを抱いたお鶴と伊平の姿を見た。

澄んだ陽射しは二人の影をにじませ、それが不思議にあの雪の夜、春賀の屋敷へと向かう道中に吹き荒れていた雪を思い出させた。

お鶴の唇が、喜平治の名を呼んで動く。四囲の騒がしさのせいでまったく聞こえぬその声に、達者で暮らせよ、と喜平治は胸の中だけで応じた。

(そういや、お鶴が一幅だけ隠しこんでいるっていう絵は、雪景色の中の花魁図だったたっ

けな）

伊平はきっといつの日か、曾祖父《そうそふ》に負けぬ美しい絵を描くであろう。これから赴く絶海の島で、胸に繰り返し思い描くその見知らぬ絵こそが、何年、何十年続くか分からぬ流刑の日々の慰めになるに違いない。

あまりに眩しく、それがゆえに白雪のただなかの如く霞《かす》む往来から、喜平治はそっと目を逸《そ》らした。

烏羽玉の眸

錆石《さびいし》が敷き詰められた井戸端に、首を裂かれた仔鹿《こじか》が三頭、折り重なって積み上げられている。いずれもまだ乳離れ前の仔鹿だけに、その四肢は指先でたやすく折れそうなほど細かった。

夜の色をそのまま映したように黒い鹿の眸《ひとみ》をちらりと眺め、八太吉《やたきち》は足元の大盥《おおだらい》に釣瓶《つるべ》の水をぶちまけた。血脂にまみれた手を藁束子《わらたわし》で乱暴に洗ってから、井桁《いげた》に置いていた小鋸《のこ》を取り上げた。

鹿にしても猪にしても捕えることはたやすいが、それを一人でさばくのは手間がかかる。ましてやそれが内山永久寺《うちやまえいきゆうじ》内、全五十六院の衆僧に食わせるためともなれば、皮の掃除は後日に回しても、肉を細かく切り分けるだけでもひと苦労。二十歳の八太吉が奮闘しても、ゆうに一刻（約二時間）はかかるに違いない。

よおし、と己を鼓舞するように呟《つぶや》き、八太吉はもっとも上に積み上げられていた仔鹿を引きずり下ろした。その後ろ脚を左右の膝《ひざ》で押さえ、柔らかな毛で覆われた喉元《のどもと》から腹を剝《む》き出しにした。

「八太吉。八太はどこですか」

突然、癇性《かんしょう》な声が響いたかと思うと、ばたばたとせわしない足音がそれに続いた。ぼさぼさに伸びた髪を振り乱した元・上乗院《じょうじょういん》院主《いんじゅ》（住職）の亮珍《りょうちん》が、従僧《じゅうそう》の慧景《えけい》を従えて、広縁《ひろえん》に姿を現した。

並みの僧侶《そうりょ》であれば、血まみれで鹿をさばく寺男に、あからさまな嫌悪を示したはずだ。だが染み一つない練絹《ねりぎぬ》の直綴《じきとつ》に身を包んだ亮珍は、「おお、いい鹿を獲《と》ってきましたね」と、深い皺《しわ》の目立つ顔をほころばせた。およそ内山永久寺を束ねる老僧らしからぬ、晴れやかな笑みであった。

「はい、院主さま。仰せの通り、まだ草を食《は》まぬ仔鹿ばかりでございます」

八太吉の応《こた》えに、亮珍がわずかな不快を面上に走らせたのは、かれこれ半年も前に復《ふく》飾《しょく》（還俗《げんぞく》）を果たした彼を、八太吉が院主と呼んだためらしい。だが僧籍を退き、蓄髪肉《ちくはつにく》食《じき》を始めたものの、亮珍がいまだ上乗院に寝起きし、寺内の衆僧から内山永久寺を治める院主として敬われているのは、まぎれもない事実である。

孫ほど年の離れた八太吉の口走りに、目くじらを立てることもないと思い返したらしく、亮珍はすぐに再び口許《くちもと》に笑みを浮かべた。

「それはよかったです。なにせこの寺の僧のほとんどは、生まれてこの方、肉食の禁を犯したことがありません。そんな者たちでも、臭みの少ない乳呑《ちの》み鹿であれば楽に喉を通りましょう」

大和国山辺郡《やまとのくにやまべぐん》、布留社《ふるしや》（石上神宮《いそのかみじんぐう》）の御山の南麓《なんろく》に伽藍《がらん》を構えるこの寺の周囲では、毎春、多くの鹿が仔を産む。ただ、すでに五月も半ばに入ったこの季節、ほとんどの仔鹿はとっくに乳離れを果たし、まだ草を食べていないのはよほど遅くに生まれた仔に限られる。それだけに亮珍は八太吉に「ご苦労でした」とねぎらいの言葉をかけ、背後に控えた慧景を顧みた。

「厨《くりや》の者に、鹿汁の支度を始めさせなさい。それと鐘を撞《つ》き、すべての子院の僧を多宝塔の前に集めるのです。否を申す者は手足を捕えてでも、引っ張って来るのですよ」

慧景が心なしか顔を青ざめさせながら、低頭して立ち上がる。それを見送ってから、亮珍はさあさあと両手を打ち鳴らした。まだ髷《まげ》を結うには足りぬ蓬髪《ほうはつ》と相まって、その仕草は八太吉の目にどこか子どもじみて映った。

「八太吉は、その鹿を早く肉にしてしまいなさい。そなたが作ったその肉が、この内山永久寺の衆僧二百を復飾に導くのですから、心してさばくのですよ」

「はい、承知いたしました」

血の臭いを嗅《か》ぎつけたらしい。丸々と肥えた蠅が二匹、音を立てながら目の前を過ぎる。

それを片手で振り払い、八太吉は臓腑《ぞうふ》を傷つけぬよう、小鉈《こなた》で慎重に仔鹿の腹を裂いた。どっと流れ出した血が爪先を生温かく濡《ぬ》らし、それを見守る亮珍の笑みがますます深くなった。

八太吉が上乗院の寺男となったのは、八年前。父親が亮珍の生家である関白・鷹司家《たかつかさけ》の下僕であった縁から、先代の寺男の致仕《ちじ》と入れ替わりに奉公に上がったのである。

内山永久寺は今から約六百年昔の永久年間、鳥羽天皇《とばてんのう》の勅願を受け、興福寺《こうふくじ》の末寺として創建された寺である。以来、隣接する布留社鎮護の寺と崇《あが》められ、多くの貴人の信仰を受けてきた。広大な境内の中央に池を有し、四囲を山に囲まれた敷地内には、本堂に礼堂、五重塔を始め、五十六院を数える子院が櫛比《しっぴ》しており、大和国内では興福寺・東大寺《とうだいじ》・法隆寺《ほうりゅうじ》に次ぐ寺勢を誇っていた。

永久寺院家筆頭である上乗院の院主には、代々、京の公家《くげ》の子弟が補せられる決まりであり、開基・亮恵阿闍梨《りょうけいあじゃり》から二十八代目に当たる亮珍は、前関白《さきのかんぱく》・鷹司政熙《たかつかさまさひろ》の子息。またその後嗣《こうし》である亮慎《りょうしん》は前右大臣《さきのうだいじん》・花山院家厚《かざんいんいえあつ》の息子であり、内山永久寺は四囲の里々から隔絶された格式ある大寺として、大和国の中央に伽藍《がらん》を構えていたのであった。

ただ八太吉が物心ついた頃より、京では開国だの攘夷《じょうい》だのという物騒な声が街区を騒がしていたが、それは四囲を高い築地塀《ついじべい》に囲まれたこの寺にも確実に忍び寄っていたらしい。

この数年、亮珍は毎日のように京に文を送り、難しげな書物を取り寄せては、仏事そっちのけで書見に耽《ふけ》っていた。亮慎と二人、夜中まで声を低めて語り合っていたことも、奈良に住まう国学者を密《ひそ》かに呼んで、講義を受けていたこともあった。

(その挙句、お坊さまを辞めて、神職になると言い出されるのだからなあ。まったく身分の高いお方は何を考えられるか、よく分からないや)

亮珍が突如、寺内衆僧に向かって復飾を宣言したのは、去年の秋。江戸《えど》の将軍が天子さまに政《まつりごと》を返上し、千代田《ちよだ》のお城が勅使《ちょくし》に引き渡されたとの知らせが飛び込んできた三月後であった。

「天子さまは先日、これからは祭政を一致し、五畿《ごき》七道《しちどう》諸国は往古に立ち返った祭礼を行うべきとの布告を発せられました。この内山永久寺は長らく布留社護持の寺として御仏《みほとけ》を祀《まつ》り続けてきましたが、今こそ天子さまの仰せに従い、御仏を捨てて復飾し、神勤こそを第一とすべきでしょう」

無論、諸院の衆僧は狼狽《ろうばい》して、亮珍に翻意を求めた。だが亮珍はそれに聞く耳を持たぬばかりか、「おぬしらは天子さまの詔《みことのり》に背くつもりですか」と腹を立て、亮慎ともども勝手に還俗を果たしてしまった。

慧景を始めとする従僧の囁《ささや》きを漏れ聞いたところによると、なるほど天子さまが神仏の分離を目論《もくろ》み、諸社に神勤する別当や社僧に還俗を仰せ付けたのは事実らしい。

なにせ十五代続いた大樹公《たいじゅこう》（将軍）の御世を覆した天子さまの勅令とあって、京の北野《きたの》天満宮《てんまんぐう》や洛南《らくなん》の石清水八幡宮《いわしみずはちまんぐう》では、社僧がすぐさま神職に勤め替え。南都・興福寺でも百数十名の僧侶が、一人残らず還俗を果たしたという。ただそれはあくまで僧たちが全山協議して決めた結果であり、内山永久寺のように院主が独断専行した例は他にない。

一方で近江国《おうみのくに》の日吉山王社《ひえさんのうしゃ》では、布告を知った社人・禰宜《ねぎ》が狂喜して神殿に乱入。神体として安置されていた仏像や経典の類《たぐい》を焼き払い、中には大日如来像《だいにちにょらいぞう》の顔に矢を射立て、快哉《かいさい》を叫ぶ輩《やから》もいたらしい。

それはおそらく延暦寺《えんりゃくじ》の鎮守神である日吉山王社が今まで、万事、叡山《えいざん》より格下として扱われ、神職が僧侶に不満を抱いていればこその暴挙だったのであろう。しかし少なくともこの地では、内山永久寺と布留社の関係は良好で、布告を笠《かさ》に着た神職が寺に打ち入って来る気配もない。

亮珍の兄である鷹司政通《まさみち》は、水戸《みと》藩主《はんしゅ》の姉を正室とし、異国の情勢にも精通した人物。孝明《こうめい》天皇の信任厚く、三十年以上も関白の座にあった兄との文のやりとりで、亮珍はこの国を覆う時代の転変をいち早く感じ取ったのに違いない。

だが幾ら世が移り変わったとしても、御仏は御仏、諸神は諸神。ましてや長年、守り伝えてきた仏像や堂宇《どうう》を放り出して、僧侶だけが還俗できるわけがない。

このため諸院の住持《じゅうじ》たちは、衆僧がこれまで同様に仏事を続けていれば、亮珍もいずれは目を覚ますのではないかと言い合い、院主の還俗に知らぬ顔を決め込んだ。さりながら当の亮珍は僧籍に復するどころか、全山をどうやって布告に従わせようかと考え続けていたらしい。突然の宣言から半年あまりが経った一昨日《おととい》、衆僧に全山一斉の復飾を命じるとともに、八太吉には内々に乳呑み鹿を三頭獲って来るよう指示したのであった。

二百人もが暮らす大寺だけに、飲酒肉食をこっそり行っている破戒僧や女犯僧《にょぼん》は寺内に複数いる。このため八太吉自身、他院の寺男を手伝って鳥獣を狩ったことは幾度もあったが、一度に鹿三頭とはただごとではない。ましてや、突然の復飾命令と同日となればなおさらである。

仔鹿のはらわたを傷つけないように掻《か》き出し、盥《たらい》に移す。ついで華奢《きやしや》な首回り、足首回りにぐるりと切れ目を入れると、八太吉はまだ脂の乏しい鹿皮を両手で剝《は》ぎ始めた。

亮珍の姿はいつしか広縁から消えている。折しも響き始めた鐘の音に急《せ》かされながら、八太吉は仔鹿の四肢を外し、茶碗《ちやわん》の欠片《かけら》で肉をこそげ取った。

盥に積み上げた肉を厨に運べば、普段、粥《かゆ》を煮る竈《かまど》には大鍋《おおなべ》がかけられ、味噌汁《みそしる》がぐらぐらと沸いている。そこに片端から肉を放り込み、勝手賄人《かってまかないにん》（料理人）を手伝って、鍋を外へと運び出した。

内山永久寺では本堂・観音堂《かんのんどう》といった主要伽藍は寺域の東に集められ、その堂前は多宝塔、鐘楼《しょうろう》などが点在する広場となっている。常であれば境内のそここでは、雀たちが初夏の陽射しを浴びながら、のんびり餌をついばんでいる。だが今、白砂の敷き詰められた広場には無数の禿頭《とくとう》が詰めかけ、多宝塔の広縁に座す亮珍に不安げな眼を注いでいた。

復飾命令が出されたとはいえ、亮珍がどこまで本気でそれを命じたのか測りかねているのと見え、居並ぶ僧たちはそろって袈裟《けさ》をかけ、還俗の意を示している者は誰一人いない。

慧景と亮慎を左右に従えた亮珍は、そんな衆僧をわずかに眼を細めて見下ろしていた。人垣をかき分けて鹿汁の鍋が運ばれてくるや、ぼさぼさの頭を振って立ち上がり、「いいですか、皆の衆」とおよそ耳順《じじゅん》を越えているとは思えぬ張りのある声を上げた。

「先だって申し付けた通り、当寺の衆僧はこれより復飾を果たし、寺内は布留社の神域となります。わたくしはすでに上乗院院主の座を退下《たいげ》し、今夕よりは神職として布留社内に寝起きさせていただくと決めました。おぬしらも天子さまのご下命を拝し、おとなしく還俗を果たしてこの寺を出なさいッ」

亮珍は階《きざはし》を駆け降りると、あわただしく草履《ぞうり》を突っかけた。多宝塔の前に据えられた鍋に駆け寄り、勝手賄人の手から杓子《しゃくし》をひったくるや、嚙《か》みつくようにして汁をあおった。顎先《あごさき》を伝う滴を手の甲で撫《な》で、ぎらぎらと光る眼で四囲の僧侶を見回した。

「これは近くの山で獲れた、鹿の肉です。仏道を離れることとなった以上、おぬしらとて肉食飲酒の禁を守る必要はありますまい。さあ、一同、この汁を食らって、寺を出ましょうぞ」

鹿の肉、との言葉に幾人かの老僧が顔を強張《こわば》らせて、後じさる。その一方でまだ年若い僧たちが、辺りに漂う汁の匂いにごくりと生唾《なまつば》を飲み込んだ。

「申しておきますが、皆が否を申したとて、もはやこの寺の解体は決まっております。あと一刻もすれば近郷の村人たちがやって来て、諸堂を打ちこわし、薪と変える手筈《てはず》です。もはや皆の衆に、復飾以外の手立てはありませせぬぞ」

「な——何でございますと」

多宝塔を囲む人垣が大きく揺れ、そこここで悲鳴に似た声が起きる。それをぐるりと眺め渡し、「ええい、黙りなされッ」と亮珍は叫んだ。

「わたくしの復飾からすでに半年。その間におぬしらには充分、考える時間をやりましたでしょう。わたくしのやり方に文句があるのであれば、さっさと寺を出て、乞食《こじき》坊主にでもなればよかったのです。それをこうして寺に留《とど》まった以上、これ以上の口出しはさせませぬぞ」

内山永久寺の寺禄《じろく》は、約千石。そのうち二百石あまりは上乗院が独占しており、他の子院はすべて上乗院を支えるために存在している。つまり上乗院院主の下命は絶対なだけに、各子院の僧たちは狼狽した様子で顔を見合わせた。

院主が還俗したとて、寺はあくまで寺。せいぜいしびれを切らした亮珍が内山永久寺を飛び出し、京に戻る程度のことで落着すると考えていたのであろう。院主自ら御寺を解体するとの宣言に、へなへなとその場に座り込む学僧もいた。

「さあさあ、皆。覚悟を決めなされ。これは決して、わたくしの下命ではありません。この国をしろしめす天子さまが、我らに復飾を命じておられるのです」

亮珍がますます声を張り上げる。それに促されたかのように、四十がらみの僧侶が一人、同輩をかき分けて多宝塔の傍らによろめき出た。

険しく頰を強張らせて亮珍を仰ぎ、「まことに――まことに天子さまがそれをお望みなのでございますな」と語尾を震わせた。

「おお、まことですとも。すでに本寺である興福寺は衆僧一人残らず復飾し、春日大社《かすがたいしゃ》の神職となっております。なれば末寺の僧たるおぬしらが、この寺にしがみつき続ける道理はありますまい」

まったく躊躇《ためら》いのない亮珍の叱咤《しった》に、僧の身体がわなわなと震え出した。うおおッと言葉にならぬ声を上げると、いきなり煮えたぎる鍋に手を突っ込み、浮かんでいた鹿の肉を摑《つか》み取った。熱さも厭《いと》わずそれを口に押し込み、「みょ、明王院《みょうおういん》住持了慶《りょうけい》、これにて復飾致しますぞッ」と目を真っ赤にしながら怒鳴った。

「拙院の者どもはみな、わしに続け。天子さまのご下命とあれば、やむをえぬ。これもご時世じゃ。おとなしく院を退くぞ」

おおっという応えが起き、数人の僧がばらばらと鍋に駆け寄った。互いに杓子を争って汁を啜《すす》り、袈裟を脱ぎ捨てて足元に叩《たた》きつけた。

それがきっかけとなったかのように、遍照院《へんじょう》に観音院《かんのん》、安楽院《あんらく》……各院の住持が住僧を従えて汁を啜り、それぞれの子院に引き揚げ始めた。

何百年も続いてきた平穏なる日々を打ち壊す時流の激しさと、己の無力に打ちひしがれているのであろう。そのほとんどは涙ながらに汁を啜り、中には両手で口元を押さえて鍋の傍から離れていく者もいる。

そんな中で珍しく、

「やれやれ、亮珍さまは思い切った真似をなさる。されどこれでようやく拙僧も、のびのびと息が出来ますわい」

と笑って杓子を取ったのは、永久寺きっての破戒僧として知られる金剛院《こんごう》の院主であった。

永久寺の半里（約二キロ）北西には、旅館や水茶屋が軒を連ねる鍵屋《かぎや》の辻《つじ》という四辻がある。そのうちの一軒で働く女を妾《めかけ》として院内に囲い、五戒のことごとくを破った毎日を過ごす彼は、年こそまだ三十手前であるが、近隣の村人の間にまで名の轟《とどろ》く遊蕩者《ゆうとうもの》である。

鍋の横にひざまずいた八太吉の姿に、金剛院主はおっと呟いて親しげに頬をゆるめた。

「なんだ、八太吉か。するとこの鹿はおぬしが獲ってきたのか。それであればさぞ旨《うま》い汁だろう。なにせ下手な者がさばいた肉は、血抜きが悪く、食えたものではないからなあ」

そう言いながら汁を啜り、金剛院主は「うむ、旨い」と肉づきのよい頬を嬉《うれ》しげにゆるめた。

とはいえ亮珍は神仏分離の布告に従おうとしているだけで、別に金剛院主の不埒《ふらち》な暮らしを諾《うべな》うつもりなぞ微塵《みじん》もない。

「金剛院どの。貴院においでの女を、早う外に出すのじゃぞ。里の者が打ちこわしに来た際、院内に女がいてはさすがに外聞が悪かろう」

と、あからさまに顔をしかめた。

「なあに、もはや出家でなくなった今、かようなことを気に病む必要はありますまい。されどこれでわしはようやく、誰の目を憚《はばか》ることなく、お駒《こま》と共に暮らせますわい。天子さまの思《おぼ》し召しとは、まことに尊きものでございますなあ」

ありがたや、ありがたや、と東の方角に手を合わせてから、金剛院主はもう一度、名残惜しそうに汁を啜った。八太吉の肩を軽く叩き、足取りも軽く自坊へと歩き去ったその直後である。

「せ——拙僧は、拙僧は決して復飾なぞせぬぞ。誰が何と言おうと、ご免じゃわいッ」

人垣の奥で、野太い怒声が響いた。境内が水を打ったごとく静まり返り、僧侶たちがぱっと二つに割れた。

粗末な法衣の裾《すそ》を乱した四十がらみの大柄な僧侶が、ぎょろりと大きな目を剝いて、

「拙僧はご免じゃッ」と繰り返す。どこかの下郎法師と思しきその面に見覚えがある気がして、八太吉は首をひねった。

「院主さまや衆僧がたが還俗したければ、なされればよい。されどわしは最後の一人となろうとも、この寺で御仏にお仕えするのじゃッ」

「舜叡《しゅんえい》、滅多なことを申すでない」

身形《みなり》のいい初老の僧侶が、舜叡と呼ばれた彼にあわてて駆け寄る。だが舜叡はその手を振り払い、「ご住持さまはそれでよろしいのですか」と更に声を上ずらせた。

「つい先だってまでご住持さまも、院主さまの復飾に異を唱えておられたではありませんか。それがあのような生臭物《なまぐさもの》を食らい、御仏の道を捨てるのですかッ」

舜叡の怒声に、住持は顔を強張らせた。だがすぐに肩が大きく上下するほどに太い息をつき、「しかたあるまい」と呻《うめ》いた。

「それが天子さまのご下命とあれば、わし如きにはなにもできぬ。おぬしも子どもじみた我がままなど申さず、さっさとあの汁をいただけ。それで蓮乗院《れんじょう》の者はみな、つつがなく退下できるのだ」

「わしはご免でございます。だいたいわしが還俗してしまっては、これから先、いったい誰があの哀れな絵師どのの菩提《ぼだい》を弔うのでございます」

八太吉は思わず、あ、と声を漏らした。それとともに、鍵屋の辻を真っ赤に染めた血の色が、眼の裏にくっきりと甦《よみがえ》った。

そうだ。覚えがあるのも当然だ。大声で喚《わめ》いている舜叡は、五年前、当時寺に寄寓《きぐう》していた絵師が鍵屋の辻で斬殺《ざんさつ》された折、真っ先に駆け付けてきた坊主ではないか。

（あのお絵師のお名は、岡田式部《おかだしきぶ》さまとか仰《おつしや》ったっけ——）

くりくりと丸い眸が目立った絵師の名を、八太吉は懐かしく思い出した。

広大な内山永久寺ではしばしば仏師や絵師、工匠といった者が、修繕のために半年、一年と滞在する。だが岡田式部なるその絵師は、寺内の作事には一切関わろうとせず、日がな一日、境内をうろついては、池を泳ぐ鯉や鐘楼に止まる小鳥、はたまた叢《くさむら》に咲く野の花を描いて、ぶらぶらと毎日を過ごしていた。

時には勝手に上乗院に入り込み、掃除や草むしりに励む八太吉に、「なあ、ほんまにいい天気やなあ」と間延びした声をかけてくることもあった。

「大和国いうたら、南都以外はどこも草深い田舎やと思うてたけど、こない大きな御寺が山の中にあるとはな。しかもそこから一歩出れば、鳥や鹿が野を遊び、まるで絵巻の中の景色そのものや。わしもこれまで色々なとこに行ったつもりやったけど、まだまだ世の中は広いいうこっちゃ」

俗体である式部の姿は、寺内では極めて目立つ。だが式部はそれをまったく気にする様子もなく、懐かしい京訛《きようなま》りで一方的にしゃべり立てながら帳面に筆を走らせ、またふらふらと他の子院に出かけて行くのであった。

ひょろりと背の高いその姿は、血の色の薄い頬や黒目がちな丸い目と相まって、日々寺務に追われる役僧なぞよりはるかに浮世離れして見えた。それだけに式部が寺に滞在し始めてから半年後、近郷の永原村《ながはらむら》の男が「こ、こちらの御寺にご滞在のお方が、鍵屋の辻で殺されなさいましたッ」と絶叫しながら寺に飛び込んできたとき、八太吉はすぐにはそれが岡田式部のこととは結びつかなかった。

「何だと。八太吉、様子を見て来い」

従僧に命じられて寺を飛び出した八太吉は、尻《しり》っ端折《ぱしょ》りをした大柄な僧侶が自分の数町前を駆けているのに気が付いた。そして彼が四辻を埋め尽くした血だまりにがっくりと膝をつき、「し、式部どの――」と漏らした声に、ようやく殺されたのがあの絵師だと気付いたのであった。

辻の中央には駕籠《かご》が横倒しになり、首のない男の遺骸《いがい》がそこから上半身だけを覗《のぞ》かせていた。己の血に染まった両手の指は鉤《かぎ》なりに強張り、盛りを過ぎて崩れ始めた蓮《はす》の花に似ていた。

あの折、舜叡は狼狽する里人を叱咤して、式部の亡骸《なきがら》を村外れの寺に運ばせた。そして確かその葬式から埋葬まで、すべて蓮乗院の僧侶の手で行ったはずだ。

両手を振り回しながら拒絶の言葉を並べ立てる舜叡に、無理やりの復飾に改めて疑念を抱いたのか、鹿汁を囲む僧侶の間に小波《さざなみ》を思わせるざわめきが立ち始めた。仲間の僧とひそひそと耳打ちし合いながら、舜叡と亮珍を見比べる者も中にはいた。

亮珍はぎりぎりと奥歯を鳴らしてそんな境内に目を配っていたが、不意に「慧景ッ」と従僧の名を呼んだ。

「あの下郎法師をここに連れて来なさい。自ら復飾の決意がつかぬのであれば、我らの手で引導を渡してやるのです」

慧景がえっと驚きの声を漏らす。亮珍はその狼狽の気配にますます苛立《いらだ》った様子で、「早くしなされッ」と喚いた。

「しょ、承知しました。ただ今」

慧景は上乗院の使僧を三名呼び寄せると、大急ぎで階を下りた。舜叡に駆け寄るや、有無を言わさずその両手を摑み、引きずるようにして亮珍の前に連れて来た。

「な、何をなさいます。お放しくだされッ」

足をばたつかせて暴れる舜叡の後には、狼狽しきった顔つきの蓮乗院住持が従っている。亮珍の前に両手をつき、「院主さま。何卒《なにとぞ》、手荒だけはお許しください」と地面に額をこすりつけた。

「舜叡はただ、一山の復飾にいまだ得心出来ておらぬだけでございます。いささか日数はかかるやもしれませんが、拙僧が懇々と説いて聞かせますゆえ、何卒今日のところはご猶予を。五年前に亡くなった御絵師の菩提を、ただ一人弔い続けていたほど、仏心のある男でございます」

「ふん、この半年の間に得心できなんだ者が、一日や二日で得心するわけがありますまい。それにこの男のことは、わたくしは以前から気にかかっていたのです」

亮珍は眉尻《まゆじり》を吊《つ》り上げ、汚いものを見るような眼差《まなざ》しを舜叡に注いだ。その身体を押さえつけている慧景たちに、粗暴な態度で顎をしゃくった。

「口を開かせ、肉を食わせなさい」

「院主さま、それは――」

憎悪を剝き出しにした言葉に、さすがの慧景が異を唱える。亮珍はその途端、「そなたまでが天子さまのご下命に背くのですか」と声を尖《とが》らせた。

「い、いいえ。滅相《めっそう》もございません」

「ならばさっさと、命じた通りになさい。それでこ奴は仏道を捨て、ありがたきご神慮を得ることができるのです」

「は、はい。かしこまりました」

慧景は強く唇を食いしばると、こめかみまでを青ずませながら、舜叡の顎を片手でむずと押さえつけた。八太吉が急いで差し出した杓子に指を突っ込み、鹿肉の欠片を拾い上げた。

「お、おやめ下されッ。どのような真似をなさろうとも、拙僧の中の仏心は消えませぬぞッ」

と、抗《あらが》う舜叡の口に、強引に肉片を突っ込む。うぐぐ、と呻きを上げて、激しく首を左右に振る舜叡の口元を、両手で強く押さえつけた。

それと同時に、風が吹き通るに似た音が境内に満ちたのは、四囲の僧たちが一斉に恐怖の声を漏らしたからだ。まるでそれに煽《あお》られたかのように、舜叡の顔が見る見る真っ赤に染まり、すぐに紙白く変じる。住持があわてて慧景にすがりつき、「おやめくだされ。死んでしまいまするッ」と絶叫した。

慧景がはっと我に返った様子で、腕から力を抜く。同時に舜叡の大きな体が、へなへなとその場に頽《くずお》れた。

「おお、そうです、慧景。殺してはなりませんぞ。ただ、このような不心得者がその場におっては、他の衆僧の復飾の妨げになりますでなあ。経蔵にでも押し込め、全員がこの寺を退くまで、閉じ込めておきなされ」

高らかに言い放ち、亮珍は傲然《ごうぜん》と顎を上げた。まるで言うことを聞かねば、舜叡同様、無理にでも肉食の戒を破らせると言わんばかりの挙措《きよそ》に、残っていた僧たちは恐る恐る傍らの仲間と顔を見合わせた。だがすぐにそろって、うわあっと口々に叫びながら、雪崩を打って鹿汁の鍋に駆け寄った。

もともと上乗院院主の権力の前には、逆らえる者など居はしない。僧侶としての誇りを完膚《ぼうぜん》なきまでに打ち砕かれた舜叡の姿に、これ以上の抵抗は無駄と悟ったらしい。それまで呆然と地面に座り込んでいた老僧たちまでが、一人また一人と立ち上がり、汁を啜る僧侶の列に並ぶ。唯々《いい》諾々《だくだく》たるその姿に、亮珍はようやく頰に安堵《あんど》の笑みを浮かべた。猿《さる》轡《ぐつわ》を嚙まされ、両手両脚を縛り上げられた舜叡と、彼を抱え上げた慧景たちに向かい、

「ああ、待ちなさい」と機嫌のいい声を投げた。

「すでに夏ではありますが、経蔵は夜ともなれば冷えます。筵《むしろ》の一枚でも、与えてやるのですよ」

その言葉を遮って、西門の方角が騒がしくなった。左右に塔頭《たっちゅう》の居並ぶ白砂の道の果てに土煙が立ち、それぞれ荷車を曳《ひ》いた十数名の俗体の男たちがおずおずとした足取りでこちらに近づいてきた。

皆そろって木綿の単衣《ひとえ》の袖をからげ、よく日に焼けた手足を剝き出しにしている。その中でたった一人、紋付き袴《はかま》に威儀を正した初老の男が亮珍の前に歩み出、「お言葉に従い、参上させていただきました」と頭を下げた。

腰に大小を帯びているところから推すに、近隣の庄屋《しょうや》であろう。その場に漂う異様な気配に肩をすぼませながら、

「まずは三昧田《さんまいでん》村、長柄《ながえ》村、永原村より四名ずつ、仰せの通り荷車を曳いて参りました。

他の村々の衆も追っ付け、駆けつける手筈となっておりますが、いずれの伽藍から取り壊せばよろしいのでしょうか」

と、いまだ自分たちに命じられた事柄が信じられぬと言わんばかりの面もちで問うた。

「そうですねえ。いささか支度が遅れ、いまだどの子院も立ち退きを終えておりません。とはいえせっかく来てくれたのですから、まずはこの塔でも取り壊してもらいましょうか」

そう言って、亮珍は傍らの多宝塔を顧みた。まるで犬の仔をやるとでも言うようなその口ぶりに、庄屋は「こ、この塔をでございますか——」と舌をもつれさせた。

「ええ、そうです。堂内に安置されているのは、釈迦《しやか》・薬師《やくし》・弥陀《みだ》・弥勒《みろく》の四仏を除けば、あとは銅鑼《どら》や鉢といった仏具程度……さしたる品はありますまいが、入用なものがあれば持っていきなさい」

「ほ、本当に。本当によろしいのでございますね」

震え声で問い直す庄屋に、亮珍は白いものの交じった眉を強く寄せた。

「わたくしがいいと言えば、いいのです。別に塔でなくとも、構いません。あちらの本堂だろうが、礼堂、観音堂だろうが、好きなところから何でも持って行きなさい」

もともと内山永久寺は京の貴人との繋《つな》がりばかり強く、近郷との縁は乏しい。それだけに突如、開かれた寺門内の豪壮さに、村人たちはみな驚きを隠せぬ様子できょろきょろと四囲を見回している。

これが並みの家屋敷であれば、丁寧に取り崩して部材を運び、建築材として用いる手もあるはずである。だが古《いにしえ》の趣きを留めた多宝塔や幅八間もの本堂、はたまた唐破風《からはふ》の屋根の美しい礼堂なぞ、近在の誰が住まうことが出来ようものか。

院主から呼びつけられて恐る恐るまかり越したものの、まさか全山を好きにしろと言われるとは考えてもいなかったらしい。庄屋はいささか広すぎる額に滝のような汗を伝わらせ、「それは……それはまことにありがとうございます」と声を上ずらせた。

「で、ではありがたく、この塔を取り壊させていただきます。これだけの造作であれば、三村の衆は当分の間、焚《た》き付けに困りはいたしますまい」

庄屋に目顔で促され、村人たちは躊躇《ためら》いながら塔の脇に荷車を据えた。その荷台から手《て》斧《おの》や鉈を取り出し、本当にいいのかと顔を見合わせつつ、草履履きのままおずおずと階に足をかけた。

いつしかそこここの塔頭からは衆僧が顔を出し、多宝塔に迫る村人たちを凝視している。それに気付いた亮珍は、村人を押しやって多宝塔の階を駆け上がった。「全山の衆、よおく聞きなされ」とまたも声を張り上げた。

「これより近在の衆が、堂舎を崩しにかかりますぞ。急ぎ荷をまとめ、退下の支度をなさい。ぐずぐずしておると、今夜の寝床を失ってしまいますぞ」

さあ、壊しなされ、と亮珍は傍らの村人を顧みた。

「我らがいなくなった後、この寺の全伽藍は釘《くぎ》一本に至るまで、おぬしたちのものです。いずれは奈良よりお役人が検《あらた》めに参るかもしれませんが、万一、文句を言われたなら、布留社の神職であるわたくしが好きにしろと言ったと胸を張りなされ」

蓬髪を振り立てる亮珍に、村人たちはますます不安な面持ちになった。だがやがて、そのうちの一人が覚悟を決めたように鉈を振り上げ、その刃を力いっぱい足元に振り下ろした。

同時に数人の村人が、多宝塔の堂内になだれ込む。四方に仏像の安置された堂内に驚いたように棒立ちになったが、すぐに「すげえや」と声を上げて仏前に備えられた仏具に手を伸ばした。

銅鉢《どうばち》や銅鑼、錦《にしき》の打敷《うちしき》……御仏に捧《ささ》げられた数々の道具類は、日用の調度にはならぬものの、売り飛ばせば相当の値のつく品ばかりである。一人の村人が階の下に留まっていた仲間を顧み、「おい、村から人を呼べ」と目をぎらつかせて喚いた。

「これほどのお宝、後から来やがる他の村の奴に奪われちまうのはもったいねえ。女子どもでも構わねえから、とにかく手の空いている奴を連れて来い」

わかった、とうなずいて駆け出す男の姿に、一つの村にばかり得をさせてなるものかと思ったのであろう。残る二村の男たちもがそれぞれ仲間を村へと走らせた結果、ほんの四半刻（約三十分）も経たぬうちに境内は近郷の者たちであふれかえった。多宝塔はもちろん、本堂や観音堂、礼堂の扉までもが開け放たれ、仏像や経典が外へと放り出され始めた。すでに多宝塔は、壁に柱、屋根までが取り崩され、錆を浮かせた水煙《すいえん》が地面に放り出されている。もはや元の形も分からなくなった木材が荷車に積まれ、次々と寺の外へと運び出されて行く。そしてその梶棒《かじぼう》を握る村人の懐はいずれも、仏像の御前に捧げられていた金鉢や銅の燭台《しょくだい》などで、はち切れんばかりに膨れ上がっていた。

「なにも欲張る必要はありませぬぞ。明日も明後日《あさって》も、この寺の仏具堂舎はすべてそなたたちがむさぼり放題にすればいいのですから」

亮珍は広場の真ん中に立ち、狂喜する村人たちにそう声を投げた。しかしあまりに多くの財物に浮かれる人々の耳には、その声は微塵も届いていないらしい。

村に木材や仏具を持ち返った者たちが新たなる仲間を伴って駆け戻り、また新たな堂舎を取り囲む。その人数は刻々と増える一方であった。

「八太吉、真言堂の鍵《かぎ》を持ってきてやりなさい。あの扉は樫《かし》の一枚板。力ずくで押し開けるのは、いささか難しいでしょうから。わたくしは一旦《いったん》、上乗院に戻ります」

勝手賄人はとっくに厨に戻っている。冷め切った汁の鍋の横に、ただ一人、座り込んでいた八太吉に命じて、亮珍は踵《きびす》を返した。その背に向かって低頭してから、八太吉は敏捷《びんしょう》に立ち上がった。

礼堂の南に立つ真言堂は、大威徳明王《だいいとくみょうおう》像と永久寺開基・亮恵《りょうけい》上人像を祀る堂宇。ただ年に一度の法会《ほうえ》の日を除いては、その板戸は締め切られ、厳重に鍵が施されている。

すでに村人たちの幾人かは真言堂の広縁に土足で上がり、重い扉をがたがたと揺さぶっている。それを横目に八太吉が走り出そうとしたとき、「こら、こいつッ」という怒声が境内の端で弾《はじ》けた。一瞬遅れて、小さな影が悲鳴とともに目の前に転がって来る。八太吉はうわっと声を上げて、飛びしさった。

「この餓鬼め。こんなときだけは村の仲間みてえな顔をして、ちゃっかり入り込んできやがる」

「ちぇっ、なにが悪いってんだい。あたいだって、立派な三昧田村の一員だい」

地面から素早く起き直り、仁王立ちの村人に怒鳴り返したのは、まだ十を越えたばかりと思しき少女であった。粗末な膝切《ひざきり》をまとい、ぼさぼさ髪を藁しべで一つに結わえた彼女に、「ふざけるんじゃねえ」と男は目を吊り上げた。

「そりゃあおめえのお袋のお倫《りん》は、確かに三昧田村の出だったけどよ。鍵屋の辻の水茶屋に奉公を始めてからは、どれだけ村役が村入用を取り立てに行ったって、あれこれ難癖をつけて、一度も支払わなかったじゃねえか」

「ああ、そうだ。それにもかかわらず、亡くなった後はちゃんと寺の墓地に埋めてやったんだから、まったく俺たちも人がいいぜ」

傍らの男が、村人の言葉に同調する。少女は荒れた唇を強く噛みしめ、そんな男たちを悔しそうに睨《にら》みつけた。

　村入用とは村の水路修繕や村寄合の雑費として、村人各人が支払う銭である。どうやら少女の母親は口実を作っては村入用を納めず、村八分となったまま亡くなったらしい。そしてその蓬髪や垢《あか》だらけの手足から察するに、少女自身は母親亡き後、孤児として村に住みつき、今日の騒ぎに乗じて、寺に入り込んできたと見える。

「おい、お三輪《みわ》。この御寺はありがたくも南都の興福寺さまの末寺だ。いくら寺門が開いているからと言ったって、おめえみたいな物乞いがおいそれと入れる御寺じゃねえ」

　男はそう言って、お三輪と呼ばれた少女の襟首《えりくび》を摑んだ。その小脇に抱えこまれた漆塗りの盆をひったくり、「さっさと出て行け」と強く肩を突いた。

「院主さまが俺たちを招き入れて下さったのは、これまでの御寺と近隣の村のよしみがあればこそだ。そのお心遣いをいいことに盗みを働こうなんざ、不心得にも程があらあ」

「あ、あたいだって、このお寺にはよしみぐらいあるさッ」

　お三輪は金切り声を上げながら、村人の身体に摑みかかった。軽くあしらわれ、再び地面に突き倒されながらも、「この御寺のとあるお坊さまは、あたいのおっ母《か》さんとひどく昵懇《じっこん》でいらしたんだッ。あたいだって、おっ母さんに頼まれて、幾度となくこのお寺に文を届けに来たんだいッ」と喚いた。

「おいおい。そりゃあ、お倫が生きていた昔の話だろうが。その当時、お倫をご贔屓《ひいき》にしてらした坊さまは、とっくの昔におめえのおっ母さんのことなんざ忘れちまってらあな」

男の嘲笑《ちょうしょう》に、四囲で忙しく木材や寺宝を集めていた村人たちが、一斉にどっと肩を揺らす。お三輪は黒い顔をさっと朱に染めて、そんな大人たちを見回した。

鍵屋の辻の水茶屋の客に、夜陰に紛れて遊びに出かける永久寺僧が含まれていることは、界隈《かいわい》では知らぬ者のおらぬ話であった。ただそんな破戒僧の中で、金剛院主のように一人の女に入れ揚げ、妾にまでする者は極めて稀《まれ》。村人が言う通り、ほとんどの僧は贔屓の女が亡くなればすぐ他の女に目を移し、昔の女のことなぞ忘れ果ててしまう。

「身のほどが分かったら、さっさと出てけ。ぐずぐずしていると、その腕をへし折ってやるぞ」

お三輪の尻を蹴飛《けと》ばし、男は尻っ端折りをして真言堂の広縁によじ登った。それをきっかけに村人たちもまた、瘦《や》せこけた少女のことなぞ忘れ果てた様子で踵を返す。

お三輪は唇の端を震わせて、肩を落とした。そのまま土埃《つちぼこり》の立つ境内を西へと向かう背は、あまりに小さく、弱々しい。

八太吉は咄嗟《とっさ》に鹿汁の鍋を抱え上げた。その中身は大半が僧侶の腹に納まり、ほんのわずかな肉の欠片が鍋底にへばりつくばかりとなっている。鐘楼《しょうろう》の脇を巡り、池端へと降りようとする少女の後を、鍋を抱えたまま追いかけた。

「おい、待てよ」

　八太吉の呼びかけに、また怒られるとでも思ったらしい。お三輪はぎょっと背後を顧みると、いきなり足を速めた。寺の中央に設《しつら》えられた池端を駆け過ぎ、持仏堂下の急な斜面を両手両脚を使ってよじ登り始めた。

「馬鹿、違うんだ。逃げるなよ。お前、この汁を食わないか」

「汁だって」

　斜《なぞえ》に蛙のように張りついたまま、お三輪が首だけをねじって振り返る。ああ、と大きくうなずいて、八太吉は両手で鍋を持ち上げた。

「俺が獲って来た鹿肉の汁だ。ほとんどはお坊さまがたに食われちまったが、お前一人の腹を満たすぐらいは、まだあるだろう」

　お三輪は毛を逆立てた猫そっくりの目で、八太吉と鍋を見比べた。だがやがてこくりと一つうなずくや、そのままずるずると斜面を降りてきた。泥まみれの手足を気にする風もなく鍋の底を覗き、「本当にこれ、あたいが食っちまっていいのかい」とごくりと喉を動かした。

「ああ、全部好きにしていいぞ」

　上乗院では厨のあまりものは、八太吉や賄人《まかないにん》の食事に回される。だが目の前のお三輪の剝き出しの手足は、まさに先ほどさばいた仔鹿そっくりに細く、およそ肉というものがほとんどない。それだけに八太吉は空腹を訴え始めた腹の虫をごまかして、足元にどんと鍋を置いた。おずおずと伸ばされた手に杓子を握らせてやりながら、「好きなだけ食え」とぶっきらぼうに言った。

お三輪は餌をついばむ雀のように、杓子を握ったまま、四囲をうかがった。だが一口、汁を啜るなり、そのまま物も言わずに鍋に顔を突っ込んだ。

堂舎を取り崩す村人たちはもちろん、各子院に引き揚げた衆僧もまた、それぞれの勤めに忙しいのであろう。池傍は遠くから響く喧騒《けんそう》が嘘のように人気がなく、ただ時折、池底から鯉が浮かんできては、蓮の葉の茂った水面に微《かす》かな小波を立てる。

あわただしく汁を啜り、まるで舐《な》めたように鍋をさらえると、お三輪はべとべとに汚れた顔をようやく八太吉に振り向けた。

「あ……ありがとうよ。こんなに旨い汁、あたい、久しぶりだよ」

その頬は真っ赤に上気し、丸い目がきらきらと光っている。全身で汁の旨さを物語るお三輪の姿に、八太吉は返す言葉に詰まった。空になった鍋を伏せてから、

「お前、本当に昔はこの寺によく使いに来ていたのか」

とまるで関係のないことを問うた。

するとお三輪は村人たちへの怒りを思い出した様子で、「ああ、本当さ」と唇を尖らせた。

「もっとも、かれこれ四、五年前、おっ母さんを贔屓にしてくれていたお坊さまの足がぴ

たりと止んじまってからは、そんなこともなくなっちまったけどね。けどそれまではよくここに使いに来たもんだよ」

本当におっ母さんはそのお坊さまに可愛がられていてさ、とお三輪は聞かれもせぬまま付け加えた。

「いきなり足が絶えてしまったのも、きっと何か理由があってのことだったんだよ」

「ふうん。そうかい。そのお坊さまってのは、どこのどなただったんだ」

何の気なしに問うた八太吉は、「上乗院の慧景さまってお方さ」というお三輪の得意げな応えに、おいおいと腰を浮かせた。

「ちょっと待て。そりゃ何かの間違いじゃないのか」

亮珍の側仕えである慧景は、およそ女犯破戒からはほど遠い生真面目な男である。八太吉が知る限り、肉や酒にもこれまで堅く手を触れていないはずであった。

だが八太吉の言葉に、お三輪は太い眉を吊り上げ、「あたいが嘘をついているって言うのかい」と甲高い声を迸《ほとばし》らせた。

「ほんの三月《みつき》ほどだったけど、慧景さまはそれはそれはおっ母さんを大事にしてくださったんだよ。そりゃあ、滅多に会いには来て下さらなかったけどさ。縁が切れてしまう直前にはびっくりするぐらい大枚の金子《きんす》をおっ母さんに下さったんだ」

その銭はほとんど、茶屋の婆《ばば》あに取られちまったけどさ、と吐き捨てる顔は悔しげで、およそ嘘を言っているとは思い難い。なんだそりゃ、と胸の中で呟いて、八太吉はぼりぼりとこめかみを掻いた。

上乗院の衆僧の中でももっとも物静かで温和な慧景を、八太吉は尊敬していた。院主である亮珍は下賤《げせん》の者にも親しく声をかける気さくさを有する一方で、八太吉や厨の者の些《さ》細《さい》な失態に声を荒らげ、自ら杖《つえ》を取って打擲《ちょうちゃく》を加えることもある。そんな折、慧景は必ず身を挺《てい》して主を諫《いさ》め、後からこっそり傷薬を届けてくれもしていた。

僧侶とて生身の男であり、女や酒を欲しもするとは分かっている。だがそれが他ならぬ慧景となると、どうにも得心が行かない。

八太吉は手近な草をちぎり、鍋底の煤《すす》を強く拭《ぬぐ》った。「腹はくちくなったか」と言って、鍋を抱えて立ち上がった。

「もし何か寺内のもので欲しいものがあるなら、夜にでもまたこっそり来いよ。おそらく今夜から、この寺は空っぽになるからさ」

こくりとうなずいたお三輪は、先ほど同様、持仏堂下の坂をよじ登りかけて、「あっ」と声を上げて首をすくめた。それと同時にがらがらという荷車の音が近づいてくるのに気づき、「おい、どうした」と八太吉はお三輪に呼びかけた。

「ちょうど今、他の村の奴らが寺にやって来たみたいだよ。まずいなあ。兵庫《ひょうご》村や長泉《ながいずみ》村の奴らに捕まっちゃあ、あたい、今度こそ容赦なく殴り飛ばされちまうよ」

強張ったその表情から察するに、おおかた食べ物を求めて二つの村で盗みを働いたことがあるらしい。しかたがないなあ、と呟いて、八太吉は崖《がけ》に取り着いたままのお三輪の脛《はぎ》を叩いた。

「ついて来いよ。他の門から逃がしてやる」

すでに荷車の音は耳を聾《ろう》するほど高く、がやがやと騒ぐ村人たちの声までもがそこに混じっている。お三輪は敏捷に崖から飛び降りると、身をかがめて八太吉の背後に従った。二人して無言で池端を離れ、本堂・観音堂からなるべく遠い道を選んで、静まり返った子院の間を駆け抜けた。

内山永久寺四門のうち、もっとも人通りが稀なのは南門であるが、その奥は深い山道になっており、およそお三輪を逃がすには相応《ふさわ》しくない。その一方で北門は西門と同じ街道につながっているため、下手をすれば村の奴らと鉢合わせする恐れもある。

東門の近くには白山権現社《はくさんごんげん》・羽生高野社《はにゅうたかの》といった社が幾棟も立てられているが、村人たちはまだしばらくの間、本堂や真言堂の取り壊しに懸命のはずであった。

永久寺の東は小高い山だけに、東門に近づくにつれて辺りには太い杉の木が目立ち始めた。芳しい草の匂いが四囲をしんと冷やし、二人の足音に驚いた山鳥がけたたましく啼《な》きながら下草から飛び立つ。それと同時に突然、「おおい。そこに誰かいるのか」という大声が傍らの斜面の下で弾けた。

確かこの辺りには経蔵があったはず、と八太吉が思い至るよりも先に、「頼むから出してくれ。わしはこのまま還俗するわけには行かんのだ」という舜叡の叫びが、四囲の静寂を揺るがした。

「なんだい。ありゃあ」

お三輪が狼の咆哮《ほうこう》でも聞いたような面持ちで、足を止める。八太吉は一瞬唇を噛んでから、「ちょっと待ってろ」と言って、杉の葉が厚く降り積もった斜面を滑り降りた。

二層の屋根を持つ経蔵は、永久寺の創建から間もなく建てられたという古い伽藍。大きな錠前がかけられた板戸に駆け寄ると、八太吉は「すぐにお開けします」と怒鳴った。握り拳《こぶし》ほどの石を拾い上げ、錠前を強く叩いた。

後を追ってきたお三輪がどうしたんだい、と問う。それには応じぬまま、力任せに石を振りおろしていると、錠前よりも先に格子戸の一部が音を立てて砕けた。「た、助かった――」という呻きとともに、舜叡がよろよろと外に歩み出て来た。

その両手を縛る荒縄を解きにかかる八太吉を首をひねって振り返り、「おぬしは確か、上乗院の寺男じゃな」としゃがれた声を絞り出した。

「ああ、いや。もはや永久寺もなくなる今、上乗院も蓮乗院もないわけか。ともあれおぬし、礼を申すぞ」

そう言って軽く低頭した舜叡は、五年前、八太吉もまた鍵屋の辻に駆け付けていたことを知らぬらしい。蓮乗院のある西の方角を凝視してから、「南無三《なむさん》」と両手で頭をかきむしった。

「こんなことになると分かっていたなら、式部どののお形見を持って出てくるのじゃったわい。とはいえ今から取りに戻れば、今度は無理やり女を抱かされるやもしれん」

「あ、あの。御坊はあの式部さまとは、いったい如何《いか》なるご縁なのでございます」

「なんじゃ、おぬし。式部どのを存じていたのか」

はい、とうなずいた八太吉に、舜叡は炯々《けいけい》と光る眼をわずかに和ませた。

「そうか。あの御仁はあちこちの子院にもぐり込んでは、最後の日まで絵を描いていらしたからなあ」

言いながら舜叡は、木の葉を蹴散らして斜面を上り始めた。あわててその後を追う八太吉とお三輪をちらりと顧みたのは、なぜ寺内に少女がいるのかと訝《いぶか》しんだのに違いない。だがすぐに、胸のものを吐き出すかのように言葉を連ねはじめたのは、寺が廃絶せんとしている今、その程度のことなぞ驚くに値しないと考えたのであろう。

「そもそもおぬし、あの御仁がなぜ鍵屋の辻で殺されねばならなんだか、存じておるのか」

いいえ、と八太吉が首を振った時、何か大きなものが倒れる地響きが足元を揺らした。どうやら本堂の心柱か、はたまた観音堂の丈六の銅鋳本尊が引き倒されたのに違いない。

「式部どのはな、画号を冷泉為恭《れいぜいためちか》と仰り、ほうぼうの公卿《くぎょう》に贔屓にされておられた御絵師であった。自身も式部少丞《しきぶしょうじょう》の官位を得、ことに昔ながらのやまと絵を得意としておられてのう。年中行事絵や儀式絵を描かせれば、右に出る者はおらぬ腕の持ち主じゃった」

それだけに岡田式部は京都では多くの公家と交わり、ことに摂関家《せっかんけ》の人々から目をかけられていた。だが往古の絵に対する関心があまりに深すぎたゆえであろう。式部はあろうことか時の京都所司代・酒井若狭守《さかいわかさのかみ》（忠義《ただあき》）所蔵の『伴大納言絵巻《ばんだいなごんえまき》』の臨模《りんも》を願い出、所司代屋敷への出入りを始めてしまったのだ、と舜叡は語った。

「おぬしも少しは知っておろう。京都所司代は、まがうことなき江戸の大樹公《たいじゅこう》の手先。夷《い》狄《てき》を追い払い、天子さまを奉じ奉ろうとしていた輩からすれば、それまで公卿方に可愛がられていた式部どのは裏切り者と映ったのじゃろう。突如、浪士どのが式部どのの屋敷を襲う騒動となったのじゃ」

それまでただ画業を極めることのみに懸命だった式部も、命を狙われるに至って、己の過ちに気付いた。京を離れて逃亡を続けた挙句、古馴染《ふるなじ》みの舜叡を頼ってこの内山永久寺にたどり着いたのであった。

「とはいえ、噂というものはどこからともなく漏れてゆく。それだけにわしは式部どのに、なるべく寺の外には出ぬように申しておったのじゃが——」

東門に至る道を急ぎながら、舜叡は大きな体がすぼむほどの深い息をついた。

「よもやあの亮珍さま自らが式部どのを屠《ほふ》ろうとなさるとは、わしも皆目思いつかなんだ。

寺の内に潜んでいればば危険はあるまいと思うていたわしが、愚かじゃったのだ」

「亮珍さまが――」

驚きの声を上げた八太吉をちらりと見やり、「なんの証拠があるわけでもないのじゃがな。まずそれに間違いはあるまい」と舜叡は一つうなずいた。

「式部どのを手にかけたのは、毛利《もうり》大膳大夫《だいぜんだいぶ》（長州藩主・毛利敬親《たかちか》）さまのご家中じゃった男。されどいかな式部どのとて、かような者の誘いではのこのこ寺を出て行かぬはずじゃ」

式部の没後、舜叡は彼が用いていた部屋を整頓《せいとん》し、数冊の画帖だけを残してその私物を焼き払った。その中で一通、不審な文があったのだ、と舜叡は低い声で語った。

「中身は当然、見てはおらん。ただその文の主は、上乗院の慧景じゃった」

慧景の名に、お三輪がぎょっと顔を上げる。だが舜叡はそれには気付かぬ様子で、「式部どのは慧景の文に誘い出されたのじゃ。そして慧景にそれを命じられたのは、他ならぬ院主さまに相違あるまい」と続けた。

「なにせ此度《こたび》のことからも分かるように、院主さまはとかく革新を尊ぶお方。式部どのの所業についてはすべて京の兄さまからの文で承知なさり、どうにかその命を奪ってやろうとお考えじゃったのに違いない」

そんな、と呻きかけて、八太吉が言葉を飲み込んだのは、上乗院主でありながら真っ先に復飾を果たした亮珍であれば、その程度のことは軽々と行っても不思議ではないと考えたためであった。

「では先ほど、院主さまが御坊に無理やり肉を食わせたのは――」

「おお、式部どのを匿《かくま》っていたわしを、かねて憎たらしく思うておられたゆえであろうな。それでいてこれまで命を奪われもせなんだだけでも、ありがたいと思わねばなるまい」

如何に上乗院主とはいえ、何の罪を犯したわけでもない絵師を寺内で殺《あや》めては、本寺・興福寺の叱責《しっせき》を買う。それだけに亮珍は京都の兄を通じて、裏切り者の居場所を長州浪士に伝え、自身は腹心の従僧に命じて式部を誘い出させたのだろう、と舜叡は続けた。

「なにせ鍵屋の辻は、界隈では知られた繁華な町筋。もしかしたら慧景は逗留《とうりゅう》のお方を慰めたいと思いますとでも記して、式部どのの許に駕籠を差し向けたのかもしれん」

「ちょ、ちょっと待っておくれよ。慧景さまってお人はおっ母さんを大事に思って下さっていて――だから、あんなにおっ母さんを贔屓にしてくれていたんじゃないのかい」

身を乗り出したお三輪を、舜叡は「おっ母さんだと」と呟いて顧みた。

「ああ、そうだよ。あたいは鍵屋の辻の店から何度も、おっ母さんの文をその慧景さまに届けたんだ。おっ母さんは、おっ母さんは水茶屋勤めなんぞしていたけど、ちゃんと慧景さまに大事に思ってもらっていたんだよッ」

たとえ破戒僧であろうとも、亡き母が誰かに大事に思われていたという事実は、身寄りも家もないお三輪にとってたった一つの心の支えだったのであろう。だがそんな少女の境遇を知らぬ舜叡は、いささか気の毒そうに眉を寄せながらも、「そんなはずはない」と頭を振った。

「永久寺の者はみな、あの慧景が水茶屋の女を買うような輩でないとよう知っておる。そんな慧景がおぬしの母御と昵懇にしていたとは、おそらく式部どのに怪しまれぬための方便じゃったのだろう。白粉《おしろい》の匂いが染みついた文を鍵屋の辻の店から送れば、式部どのもまさかそれが命を狙う者からの便りとは思うまいでなあ」

先ほどお三輪は、母親が慧景から大枚の銭を受け取った、と語った。それはきっと、見事式部を打ち取ったことを喜んだ亮珍が、慧景を通じて与えた銭に違いない。

お三輪はわなわなと身体を震わせると、血の気の乏しい唇を強く引き結んだ。「そんなはずがないやい、この糞《くそ》坊主ッ」と叫んで、先を歩く舜叡の背を両手で力一杯突き飛ばした。不意を衝《つ》かれてつんのめる舜叡の尻を蹴飛ばし、

「おっ母さんは間違いなく、慧景さまから大事にしていただいていたんだいッ。なにも知らない癖に勝手を言うんじゃないよッ」

と、涙声で叫んだ。

「おい、お三輪」

あわてて呼びかける八太吉にはお構いなしに、お三輪は今度こそ脱兎《だつと》の勢いで駆け出し

た。その背中が木の間に遠ざかり、あっという間に見えなくなる。それを呆然と見送る八太吉に、「のう、おぬし」と舜叡が地面に尻餅《しりもち》をついたまま呼びかけた。

「わしを助け出してくれたおぬしに、一つ頼みがある。わしはこれよりこの寺から逐電《ちくてん》するが、たった一つの心残りは蓮乗院に置いてきた式部どののお形見じゃ。ついてはわしに代わって、それらを助け出してはくれまいか。このまま寺にあれを置いておいては、何も知らぬ村の衆がきっとただの紙切れとして燃やしてしまおうでな」

本来であれば位牌と画帖、双方を持ち出したいが、岡田式部の記銘がある位牌《いはい》を有しているとなれば、いずれは八太吉の身にも危険が及ぶかもしれない。ならばせめて、式部が最後まで記していた画帖だけでも預かってはくれないか、と舜叡は小さく目を瞬《まばた》かせた。

「蓮乗院のもっとも奥、ご住持さまのご自室の右脇がわしの住坊でな。古びた葛箱《つづら》の奥底に押し込まれている五冊の画帖がそれじゃ。そのいずれも、初めの一帖に鹿の絵が描かれているゆえ、すぐに分かるじゃろう」

その刹那《せつな》、八太吉の脳裏をぽかりと見開かれた仔鹿の眸がよぎった。夜の色をそのまま映したに似た目の色が、くるくるとよく動いていた式部の双眸《そうぼう》に重なった。

「式部どのはな、この寺でよう鹿を描いておられた。京におる頃もしばしば鳥獣を描きはしたが、鹿がこれほど美しい獣とは、この地に来て初めて知ったと仰せられてなあ」

その肉を衆僧復飾の手立てに用いた亮珍と、生ける鹿の美しさを描こうとした式部。あの鹿そっくりの目を持つ優しい男がこの地で画帖に残そうとしたのは、もしかしたら亮珍がたった今、役に立たぬ因習として捨て去ろうとしている事柄と同一のものだったのかもしれない。

亮珍は自らが殺めさせた鹿のことなぞ忘れ、これから先も自らが信じる通りに疾駆し続けるのであろう。時流に乗り、様々な者を踏みにじっても天子さまの布告に従うその生き様が本当に正しいのか、八太吉は分からない。だがとうの昔に光を失ったあの鹿の眸が式部の画帖の中に生きているのであれば、せめて一目、それを見ねばならぬ気がした。

「わかりました。必ずや持ち出しますのでご安心ください」

ほっとしたように肩の力を抜いた舜叡は、流浪の乞食坊主となってもなお、心の中で亡き式部を弔い続けるのだろう。だとすれば如何に亮珍が永久寺を滅ぼそうとしても、この寺に灯《とも》された仏心は山辺を離れて生き続けるのではあるまいか。

ああ、そうだ。いつか近郷を捜し歩き、お三輪にも式部の絵を見せてやろう、と八太吉は思った。

お三輪の母は確かに、ただ式部を殺めるためだけに利用されたのかもしれない。だがそうまでして新しき世が手にかけんとした男の絵を、あの少女にだけは教えてやりたかった。

木の間から差し入る陽射しはいつしか茜色《あかねいろ》を帯び、内山永久寺最後の日が間もなく終わると告げている。半月、ひと月と日が経てば、近郷の村の者もこの寺を去り、四囲の山から下りてきた鳥獣がその荒れ果てた境内を闊歩《かっぽ》し、破却された伽藍に住みつくのであろう。

真っ暗な夜の境内を歩く鹿の姿を、八太吉は脳裏に思い浮かべた。きらりと闇に光るその双眸が、朽ちた寺を小さく照らす様が見えた気がした。

【初出】

さくり姫――「小説 野性時代」二〇二一年一一月号

紅牡丹――「小説 野性時代」二〇二一年四月号

輝ける絵巻――「小説 野性時代」二〇一四年一〇月号付録
読切文庫　時代歴史小説　新作競演
（掲載時タイトルは「輝日の絵巻　古今源氏絵巻譚」）

しらゆきの果て――「小説 野性時代」二〇一九年一一月号
（掲載時タイトルは「白雪の果て」）

烏羽玉の眸――「小説 野性時代」二〇一九年二月号

澤田瞳子（さわだ　とうこ）
1977年京都府生まれ。同志社大学文学部文化史学専攻卒業、同大学院博士前期課程修了。2011年、デビュー作『孤鷹の天』で第17回中山義秀文学賞を最年少受賞。12年『満つる月の如し　仏師・定朝』で第２回本屋が選ぶ時代小説大賞ならびに13年に第32回新田次郎文学賞受賞。16年『若冲』で第９回親鸞賞受賞。20年『駆け入りの寺』で第14回舟橋聖一文学賞受賞。21年『星落ちて、なお』で第165回直木三十五賞受賞。その他の著書に『龍華記』『稚児桜』『火定』『落花』『月ぞ流るる』『のち更に咲く』『赫夜』『孤城 春たり』、エッセイ『京都はんなり暮し』『天神さんが晴れなら』などがある。

しらゆきの果《は》て

2025年２月４日　初版発行

著者／澤田瞳子《さわだとうこ》

発行者／山下直久

発行／株式会社KADOKAWA
〒102-8177　東京都千代田区富士見2-13-3
電話　0570-002-301(ナビダイヤル)

印刷所／旭印刷株式会社

製本所／本間製本株式会社

ISBN 978-4-04-114150-2　C0093